全民微阅读系列

纸上的百合花

贺向花　著

江西高校出版社

图书在版编目（CIP）数据

纸上的百合花/贺向花著. —南昌:江西高校出版
社,2017.9（2024.9重印）
（全民微阅读系列）
ISBN 978 – 7 – 5493 – 5867 – 0

Ⅰ.①纸⋯　Ⅱ.①贺⋯　Ⅲ.①小小说—小说
集—中国—当代　Ⅳ.①I247.82

中国版本图书馆 CIP 数据核字（2017）第 215679 号

出 版 发 行	江西高校出版社
社　　　　址	江西省南昌市洪都北大道 96 号
总编室电话	(0791)88504319
销 售 电 话	(0791)88592590
网　　　　址	www.juacp.com
印　　　　刷	北京一鑫印务有限责任公司
经　　　　销	全国新华书店
开　　　　本	700mm×1000mm　1/16
印　　　　张	14
字　　　　数	180 千字
版　　　　次	2017 年 9 月第 1 版
	2024 年 9 月第 3 次印刷
书　　　　号	ISBN 978 – 7 – 5493 – 5867 – 0
定　　　　价	58.00 元

赣版权登字 –07 – 2017 – 1025

目录 / CONTENTS

藤缠树

树咋能美妙成这样？让人惊慕艳羡。

这就是藤缠树了。树干笔挺，树冠庞大，绿色的藤蔓攀爬而上，缠绕粗壮的枝条。藤上一串串紫色的花，如腰肢柔曼羞涩的舞女，在舞场中央，缠绕着舞男，沿树枝条悬挂，又如倒垂的柳，在风中摇曳生姿。紫藤与云木亲密交缠得如此美丽壮观，让相逢于此的男孩女孩心神荡漾。

风景照太美。风景照里两个人，小小的，却生动了整张画面。刚才的美景被人咔嚓照下来了。

巧得很，小小的两个人儿，男的就叫云木，女的就叫紫藤，在飘逸俊朗的紫藤与云木下，一见钟情。

后来，这张风景照悬挂在云木和紫藤的房间，是紫藤最喜欢的一张。云木不受紫藤爸妈待见，紫藤却幸福得如坠云里雾里，每日里笑啊笑，爸妈的告诫，忘得远的呀，瞅都瞅不见。

爸妈后来不再干涉。

学平面设计的紫藤，正找工作。好工作并不好找，看紫藤收起笑脸挂上愁绪，云木说，我养着你，不要出去工作了。

紫藤不找工作了，说一堆的家事不让她找工作呢，说老公的胃不让他找工作呢，她找工作了，谁来全心全意服侍老公呢？

紫藤每天从网上搜各种各样菜谱挑了学，做给云木吃。

我愿意服侍你。阳台上，热辣辣的太阳光里，紫藤将云木衣服挂上晾衣绳,清脆脆地笑着对云木说,只要你对我好,我可以放弃一切照顾你。

　　紫藤晾完衣服,就站在挂着照片的那面墙前。在一串串倒垂的紫藤上,在一根根云木的枝条上,在一片片绿莹莹的叶子上,用了柔软的细布擦拭。擦着擦着,紫藤扑哧笑出来,轻快地哼唱,山中只见藤缠树,世上哪见树缠藤,青藤若是不缠树,枉过一春又一春。

　　一个令人生疑的女人的短信,从云木手机里冒了出来,恰巧被紫藤看到,家里空气顿时变得凝重压抑。用过的碗筷留在桌上,脏衣服丢得满屋都是,紫藤满脸怒气,乱发脾气。云木说,没影的事,我只喜欢你,喜欢我们藤缠树一样的爱情,喜欢你时时守在家里,喜欢你的小脾气。

　　紫藤不计较了。紫藤对云木更好了。

　　红肉,云木不喜欢吃,紫藤就买各式各样的蔬菜、水果、豆制品、蛋类,特别是鱼,紫藤学会了各种各样的做法,红烧鱼,糖醋鱼,酸菜鱼,炒鱼片,炖鱼汤,清蒸鱼,花样翻新地做给云木吃。

　　紫藤雪白的双手,在菜呀、蛋呀、鱼呀、刀呀之间,麻利地飞舞,边忙边唱,山中只见藤缠树,世上哪见树缠藤,青藤若是不缠树,枉过一春又一春。

　　做完了家务,便无事,无事时,紫藤就坐着,想云木,念云木。云木在做什么呢? 云木热不热,冷不冷? 云木是不是和别的女孩子在一起呢? 紫藤想到云木每天接触很多漂亮女人,就很发愁。就给云木发短信打电话。

　　有一次,紫藤对云木说,你回信息的快慢,代表着你爱我的程度。总有没接电话,没回短信的时候,云木回来了,紫藤就哭,就说,以前你不是这样的,你不爱我了。这样的情景又发生了好多

全民微阅读系列

次,几乎成了常态。

有一天,云木和紫藤吵架了。紫藤就向外跑,气头上的云木本来不想追她,可是,紫藤一边跑一边哭诉,你不爱我了,我不活了,我遇到一辆车,一头撞死算了,我上到楼顶,一头栽下去算了。云木慌了,云木怕了,街灯在黄昏里闪烁出迷人的晕光,他在晕光里把紫藤追回来了,在藤缠树的照片前,把紫藤抱在怀里安抚她。

云木让紫藤走出去,找个事做。可是,紫藤发现,她已经不习惯外界了,她擦拭着墙上的照片,觉得她已经幻化成了藤,只会缠绕着她的树活着了。

云木还是走了,走时,云木把墙上的照片摘下来,撕碎了。云木说,我怕你了,现在的你,我不爱了。说完就走了。

紫藤坐在照片的碎屑里哭泣,她感觉云木离开了,她的全部世界都没有了,她活不了了。这时候,妈妈来了,妈妈说,咱先找份工作,好好干着,没了云木,还会有更好的男人呢。

她真的再也找不到云木了。一点点消息都没有。

三个月后,精神恢复了些的紫藤不得不找了一份工作,渐渐地,她又找回了那个开朗的自己。工作之余,和朋友们相聚时,想起云木,就想不明白,当初,自己想的、念的都是云木,云木怎么就会离开自己呢?

有一天,紫藤又和朋友们来到了她和云木相遇的藤缠树下,在藤的芳香里,在树的高大里,静静地站了好久,她仿佛突然开悟了,她似乎听到眼前的云木对挂在它枝干上的紫藤说,别把自己丢了,没了自己,我就不爱你了。

爱到无力

他曾经以为，相爱无往不胜。

她答应抛弃一座城，远离父母亲戚和朋友，只为和他相近相守、相亲相爱。他动容，指天许诺，到了他的城市，为她做饭，洗衣，宠她，爱她，不使她受半点委屈。他年轻英武、强壮如牛，他相信他有使不完的力气和精力可以呵护她。

从小备受父母关爱的她并不因此娇纵。她说，下班回家，我做饭你能洗碗，我洗衣你能晾衣，我拖地你能擦桌，若这样，我就非常幸福了。

她来到他的城市工作并定居。才三天，他突然接到单位通知，出差，晚上八点半出发。他了解做地质队员会有出差，这很正常，可他才工作六天，绝没想到出差来得这样快。领导说，出差时间四个月，更是一声炸雷，他绝没想到出差要这么久。他想，她才来三天，这个城市里，她没有朋友，甚至还不能听懂方言，除了他是熟悉的，一切还都这样陌生。想起对她的承诺："做饭，洗衣，拖地板，关心她呵护她"，将付诸东流，他便惴惴不安。

她伏在他怀里，她恨恨地在他胳膊上咬了一口。她抬起头，含情脉脉地望着他的眼睛说，去吧，四个月就四个月。他看见她的眼泪夺眶而出，滴落到他的胳膊上，飞溅起剔透的小花朵。

A地辽远开阔、空旷孤寂，六个人的工作组每天都在寻寻觅觅，然后实验分析判断。工作之余，他就打电话给她，说今天我又找了一天矿石，出了一身臭汗，不过，没一点新发现。她扑哧一声笑了，她说，嗯，哪会那么容易，又不是神仙。他说，想我没？她嗔笑说，没想你，想你抱抱了。

从离开的第一天，他便开始计算归来的日子。十一月中旬，那时该是初冬了。

打电话，是他每天重要的功课，听听她的声音，听她笑一声，甚至听一听她的抱怨，心里便安慰，便能安心地睡一个好觉。可是，电话并不是每天都能顺利打通。有时，他蹦起来和她说话，有时候他跑到很高的岩石上，踮起脚尖，和她说话。他问，在做什么？她说，下雨了，没带伞，在路边店里躲雨呢！他伸长脖子问，淋湿了吧？她还没答话，电话突然断了。断了怎么都连不上。走得太远太偏僻，电话信号断断续续，有时干脆一点声音也没有。没有信号的日子，他沮丧极了。

爱一个人，就要为她做点什么，这是他的想法，就像一个流行已久的说法：爱是存折，当你总是向里储蓄时，爱会越来越多，当你总是索取时，爱就会被取尽。他想，她抛弃一座生她养她的城，奔了他来，而他将她一个人留在陌生的风雨中，别说给她撑起一把伞，连句问候都无法传递。这感觉吞噬他时，渐觉空空荡荡浑身无力。

四个月后，他回到她身边。她做了几盘好菜给他解馋。他们一边吃，一边说着有趣的事情。她是那么开心，说着说着就流泪了，她说，是因为高兴。

他和她在一个单位，他在回来一周后听同事说，那天，她发高烧了，烧迷糊了，她烧了一夜，直到第二天，同事叫她时才发现，把她送到医院。一量体温，四十二度。同事说，你女朋友挺坚强的，也怪可怜的。"可怜"二字从一个外人的嘴里吐出来，让他五味杂陈如坐针毡。

才回来一个半月，又要出差了，这一次，说是三个月。

他请她出去吃鱼，吃完鱼，他说，不如你回 D 城吧。D 城有你爸爸妈妈还有你哥哥。她说，单位哪能请那么久的假。他说，不如辞职吧。别回来了。她说，说什么呢？你。他说，我是说真的，分手吧。她说，你有人了？他心想，整天在荒郊野外的，哪有什么人。他口里说，随你怎么想。

那天，他们大吵一架，他出差走了。她看着他冷漠地走出去。一边流泪，一边收拾行李。她摸出电话打给哥哥说，哥，我明天回家。

三个月里，他不和她联系，她亦杳无音讯。三个月后，他回到他的城。他下意识地来到她曾经居住的地方，门紧紧地锁着。他将手搁在门上，闭上眼睛，"嘭嘭嘭"地敲，虽然他知道，里面将无人为他开门。

突然，他的后背被人轻捶了一拳头，有人从后面环抱他的腰，推着他的身体，摸索着将手里"哗啦啦"响的钥匙送进了锁眼儿。

全民微阅读系列

选　择

七夕这天，王三丰来看小曼。王三丰说，你喜欢看电影，吃过晚饭，我陪你看电影吧。小曼说，好。《盗梦空间》是小曼最喜欢的老电影，小曼曾说，虽然看过，仍想再看。

坐在电影院软乎乎的座椅上，看着银幕。只见，男主角在手腕上连接好仪器,往角落里一躺,闭上眼睛,又到梦里与他深爱的女人幽会去了。王三丰看一眼身边的真人小曼,心里不可遏制地涌起巨大的幸福感。

电影画面继续变幻,只见女主人坐在高楼高层的窗台上,双脚悬在窗外,说要跳下去,还要求男主角和她一起跳下去。王三丰扭脸一看,小曼哭了,王三丰用纸巾擦去小曼脸颊上的泪。

小曼想和王三丰说话,怕声音太大影响了别人,就将嘴唇附在王三丰耳边轻声说,"三丰,我放了你了"。王三丰起初不明白是怎么回事,可是,当电影又演了一会儿的时候,他才领悟出小曼话里的滋味。他将唇附在小曼耳边轻声说,"今天七夕,多好的日子,你说这话,多不吉利"。

小曼将唇附在王三丰耳边说,"创业,在你心里是件大事,没什么能比得了,包括我。所以,我放了你。从今往后,我不拖累你了"。小曼说着,用王三丰递给她的纸巾捂住了鼻子。

这话小曼放在心里很久了,总是不能下定决心说出来,今天,在她喜爱的《盗梦空间》里,终于说出了口。小曼认为,这也是水到渠成的事儿。

小曼和王三丰是大学同学,他们的家乡分别在 A 城和 W 城,他们一起在省城上学。大学毕业前,小曼向王三丰说,毕业后她要回家乡工作。问王三丰有什么打算?王三丰说,要和几个同学一起创建个广告公司。小曼问,广告公司开在 A 城吧?王三丰说,那不行,要留在省城,因为省城有一名很成功的叔叔,对公司成长会有很大帮助。

王三丰要小曼同他一起去省城,小曼叹了口气。小曼见王三丰对广告公司的事情那么上心,想劝他和自己一起回 A 城的话就没有再说出口。

小曼毕业后回到 A 城,做了公司职员。除了做职员,小曼还在周末和晚上去给一个中学生做家教。

小曼有个上初中二年级的弟弟,她妈去世得早,爸爸起先在建筑队干活,毕业前一年,爸爸从脚手架上掉下来,不仅摔瘸了,还摔坏了腰,不能再干建筑队的活了。所以,当父亲问她毕业了想在哪儿找工作时,她对父亲说,在 A 城啊,她喜欢 A 城。

这一年多来,家里弟弟上学,还有给父亲买药的钱,都是她一个人支撑的。

现在,小曼和王三丰异地恋一年多了。小曼认为,让她丢下弟弟和父亲去省城,是不可能的事情。事实也证明,让王三丰放弃广告公司来 A 城,也是不可能的事儿,所以,分手也许是最恰当的选择。

王三丰说,总会有办法的。你看这样行不行,等广告公司做成了,就把你弟弟和你父亲接来省城。这些话,王三丰也在心里想了很久,今天终于说出来。

王三丰说着,在黑暗中摸索小曼的手,他想握住她的手,好把自己心底的力量传递到她心里去。小曼轻轻地推了一下,把他的手推回去。王三丰感觉到从未有过的凉意。

王三丰没心情看电影了,他转过头,在影片光影的闪动中,看小曼被长发遮掩的脸庞。

小曼低头想一会儿,小声说,我爸不会同意的。王三丰说,你又没有和他说,你怎么知道他不同意?小曼说,我了解我爸。王三丰说,他会同意的。我和你一起努力,说服他。

他俩这样窃窃私语着,还是惹起后排座的一名女生强烈的不满,她不耐烦地对着她的男朋友大声说,是来看电影,还是来听你废话。惹得四周的人都朝他们这边看过来。

小曼摇摇头，不说话了。她的眼睛重新回到屏幕上，可她已经看不到屏幕上在演什么。只是她不想离开，她想，即使分手，也要和王三丰一起看完最后一场电影，过完最后一个七夕。

王三丰没有说服小曼的爸爸，他沮丧地回了省城。

一个月后，王三丰再次来到 A 城，他对小曼说，丢下你一个人，我总担心你害怕，总想替你分担。

王三丰用轻快的、调皮的语气问，我想在 A 城留下，你允许还是不允许？

小曼捂住眼睛，泪水从指缝间冲了出来，顺着手背向下淌。她哭得站立不住，弯下腰，蹲在了地上。

王三丰拉她起来，缓缓将她拥入怀中。

叫"姐姐"

她向我撒娇时，我们正行走在校园，彼时是春天，一阵风吹过，紫白黄交织的三色菫，洁白的玉兰，红彤彤的虞美人，将粉嫩的花香布满天地间。我俩手牵手走路。忽然，我感觉她的手轻轻摇晃我的手，我看见，她的身体也随着手的摆动一起轻轻摇晃，她撒娇说，叫姐姐。我笑，我抬起手轻轻拍拍她的发，软软的滑滑的，正如我此时的心情。我温柔地看着她，笑着说，不叫。

她是我的女友，我们在大二时相识，她大我一岁，彼时，我们相恋已一年。

一起到校外吃饭，是个干净的小餐馆，小小的笼屉叠放着，精致的蒸饺,放在我们中间,蓝花碗,飘着韭菜花的紫菜汤,我俩一人一碗。她取了两双筷子,递给我一双,我们一起从同一个笼屉里夹蒸饺吃,吃到剩最后一个,她停下来等我夹,我停下来等她夹,我望着她笑,她望着我笑,最后,她夹起蒸饺放入小碟子里蘸醋汁儿,我将空笼取下放到一边,我俩又从下边的笼屉里一人一个地夹着吃。

她突然抬起头,她说,我想吃荷西街的荔枝。我说我去买。她说别买了。我已经站起来,走到门外租辆自行车,我穿过一条街,拐了一个弯,又穿过一条街,才到了她说的荷西街那家水果店。我把荔枝放在她面前时,桌上的蒸饺和紫菜汤还和我离开时一个样。她剥一颗荔枝递给我,用只有我能听得到的声音说,叫姐姐。我接过荔枝,放进嘴里。轻声地说,不叫。

毕业了,我留在本地,她去了广州,已八个月。我打电话给她,她有时不接,她说她忙,让我不要老是打电话给她。我请了假坐九小时火车去看她。那天,她的电话总打不通,我站在她家楼下等她。她出现时,已经夜里十一半,她从一辆车里走下来,一男人推开车门下来,和她站在一起窃窃私语。我冲过去,没有一句话,一拳挥过去,手背沾上他的鼻血。她吼我,用尽全身力气护住他拉住我。

他离开了,我问,他是谁?她说,是她经理。她还说,只是她的普通朋友。我也离开了,我不相信,他只是她的普通朋友。

他是她的经理,大她九岁,单身,什么都有。我小她一岁,刚刚毕业八个月,刚刚工作五个月,什么都不是,什么都没有。

她打电话给我,她说,我俩不合适。我问为什么?她说,我已等你一两年,可是你一点也没有改变。我说,可是,我才二十二岁,你总得给我成长的时间。她说,等你成熟不知要等多少年,等你创业不知又要等多少年。那些天，我除了工作，什么话都不说，什么事都不做。忙完工作就坐在我的宿舍里，一言不发。

我给她发短信说，我要见见他。她隔了一天才回我，她说，他只是我的普通朋友，不想你见。可是，我很坚持。最后，我还是见到了他。

在一家茶室，她坐在我旁边，他坐在我们对面。我没想到他会这么痛快地来。我没有仔细看他，却动用全身的能量观察他，他，相貌端正，儒雅，理智，不卑不亢。那天，我领略了他与我的不同。最后，他说，在此之前，我没有做一点对不起你的事情，因为，她是有男朋友的人。但是，从现在开始，我想给她创造她想要的幸福。我说，你凭什么给她创造幸福？他说，因为，我要开始追她。

我看了看她，她低下了头，她的表情十分复杂，她抬起头时说，现在，我谁也不想接受，我只想静一静。

她说这句话时，我就知道，她的心已经不在我这里了。

我不想把我对她的依恋变成她眼里的纠缠，我只说，有一天，我会成熟，我会创造出一片灿烂的天地。她看看我，看看他，没有说话。

那一刻，我不得不承认，她比我先长大了，当我们从桃源一样的校园步入社会后，她和从前不同了。我心里一沉，用只有她能听到的声音叫了一声，姐姐。

我看到她的身体轻轻一颤。

知不知道

我和你一样，都是医学院的学生。

你是校园歌手，舞台上，霓虹下，你抱一把吉他，手指在琴弦上游走，歌声和着琴音在我心海里荡起阵阵涟漪。有许多女孩，为你尖叫。校园里一举办活动，就少不了你的演出，不喜欢热闹的我，宁肯丢掉手边重要的事，也要去看舞台上自由自在、无拘无束、天马行空的你。我喜欢你，想让你知道，又不想让你知道。

大三了，学校组织学生到西藏考察药资源，海拔五千多米，泥石流频繁，到处塌方。我胆小，想着就害怕。知道你报名，毫不犹豫，我也报了名。我想要去一切有你的地方。

搭好帐篷时，已是下午四五点，大家都坐下来休息。你说，我先去给大家探个路。那时，有四五个同学站在帐篷外，我说，天快黑了，别走太远。你说，没事。你独自到山上去了。我想一直看你的背影，看着你走上山，可我没敢，我只装作漫不经心地瞄你一眼，就和同学们一起忙着做晚饭了。

从你一出发，我就盼着你回来。等到天擦黑了，还没有看见你的身影，没有听到你的声音。各种假想，不断从我的脑海里跃出。你迷路了，你扭到脚脖子了，甚至，你碰到泥石流了……天已完全黑了。

晚饭已做好，同学们开始吃。我说出我的担心，同学们说，可能走得远了一点吧，很快就会回来了。我无心吃，一手拿手电筒，一手捂住出光口，打开又关住，关住又打开。我走进黑暗里，手电像是光明的使者，在暗夜里劈开一条路，树叶沙沙沙地响，鞋底踩踏山地的声音扑嗒扑嗒响，还有其他一些复杂的声音，我辨不清是什么声音。越是辨不清楚，越是胆怯，我的心在这些声音里突突突地跳。

我已经走得足够远，早已经听不到同学们发出的任何响声或者说话声，我想，同学们一定也听不到我的声音了。我开始轻轻地唤你的名字，我一边走，一边叫，我怕你听不到，我的叫声开始一点点变大。走得越高，越感觉冷，越感觉空气稀薄。

唉——你怎么来了？突然听到你的回应，我用手电筒顺着声音找你。你坐在一块岩石上，闭着眼睛，一动不动。我说，我也想探探路，真巧还能遇到你。那一刻，我的泪水喷涌而出。我不知道我为什么会喷出泪水，是因为我的害怕，还是因为终于看到安全的你。我用袖子擦去泪水，我庆幸我的脸在黑暗里，让你看不到我哭泣的表情。我希望你安全，我想让你知道，又不想让你知道。

你说，因为高原反应，眼睛的老毛病犯了，虹膜炎，你失明了，什么也看不到。你又说，只是短暂的失明。你不用解释，我懂，我们都是学医的。你说，这里是雪山，如果不是遇到我，你可能就挂了。我伸出手，拉起你的手，你很顺从，你跟着我一步一步走下山。我至今回忆不出下山时我听到过什么，或是看见了什么，除了牵着你的手小心翼翼地下山，我的心，我的眼睛和耳朵似乎屏蔽了世上的一切。

毕业时，我收到美国一所大学的录取通知书，上面写着我的名字。这是我从小就为之努力的目标，可是，拿到这个通知书的时候，我才意识到这意味着什么？我首先想到的是，我要到一个没有你的世界了。我是如此的恐慌。我做出一个让我吃惊的决定。那一天,我把这张录取通知书撕成了碎片,我把它撒向空中。通知书是粉红色的,它在空中纷纷扬扬,像是满天的花瓣,那一刻,我觉得花瓣满天的世界真美。为了你,我没有出国留学,我想让你知道,又不想让你知道。

我不会去强取豪夺,我没有那个力量,如果是你想要,强烈地想要,我给你我的爱情,如果不是,我干吗给你?我想要或者不想要,是我自己的事,那不重要,除了我,又有谁会去在乎。

我喜欢你,我不敢告诉你,你若知道了,我还能留在你的生活里,我还能像现在一样时时看见你吗?我不知道。

为了谁

她和同事们吃完午饭,K 完歌,背着金色小包,从同事车里走下来。同车坐着的还有一位女同事,两位男同事。开车的男同事和她关系比较好。一起工作一年了,配合默契。有时,他们也一起谈谈私人感情的事。

她下车的地方是个美发屋,美发屋的老板是她的男朋友。隔着窗玻璃,男朋友看到她关了车门,朝着男司机的窗口甜甜地微笑,摆手,看车慢慢启动,离开一会儿了,她才回头,高鞋跟当当有声地敲击着地面,一字步,走进店里。

男朋友看她一眼,剪子与梳子继续在女孩的脑后翻飞。剪子下,是剪了一半的小碎发。他看出男朋友的表情十分不悦,仍用十分柔和的声音对女顾客说,头稍稍低一点。

夜了,电视没开,很安静。

她的手机响起来,是白天捎她回来的男同事。

男友听见电话里说,我遇到了大问题,出来一起吃点东西吧,谈谈。

男朋友按亮手机屏,看了一眼,十一点十二分,不满地对她说,几点了?

她瞪男朋友一眼,转过身,对电话说,明天再说吧,太晚了。

电话里,同事还要说什么,她说,就这样吧。再见。然后,匆匆挂了电话。

男朋友说,半夜,能约你出去的男人,你们到了什么地步?

她说,是我同事,好朋友。没别的。

没别的,能半夜打来,还约你出去?

我不是没出去吗?

男朋友从她手里抢过手机,她忙去夺手机,却夺不过他。他一边躲着她,一边从电话记录里回拨回去。电话通了,他对着电话,一通责骂。他骂了一会儿,挂了电话。将电话扔到床上。

她换上长裙,抓起手包,出了门。

等气稍稍平一点,他给她打电话。已关机。

他找出去。

那小子的电话,让他胡思乱想。让他紧张。

午夜街头,街灯亮着,有风,吹得她长发乱飞,她时不时将飘了一脸的长发归位,但很难。因为,风不止且强劲。

冷清的街头,他很快看到了她,一个人,孤单的身影,让他心疼。他撵上她,要她回,她不。

男朋友说,你出去工作,挺累的。别工作了。

她说，我不，就要工作。

男朋友说，你看咱开的理发店，多好。你不需要再出去赚钱了。

她说，我就愿意出去工作，钱多钱少，是我自己赚的。

男朋友说，你知道，理发这一行，每天都忙，忙起来，吃饭都没有规律，你别工作，只管管家里，你也轻松，我也轻松。

她说，那不行。

男朋友说，你到底为了谁？非要工作。为刚才打电话给你的小子。

她说，说过多少遍了，他只是好朋友。

男朋友说，你看你现在，每天浓妆艳抹的，又总穿得那么时尚。难道，不是为了谁？

她说，你非要逼我说为了谁吗？你不记得当初了。当初，我不工作，每天给你做饭，洗衣服。有一天，我和我的闺蜜去逛街，逛得晚了，没有做饭，你打电话来，在电话里对我大发雷霆。我是天天这样吗？我偶尔一次不做饭，都成罪人了吗？还记得吗？在咱理发店里，你和那些来美发的女顾客那样亲密，我不要你那样，你听过我吗？你当着我和店里人说，谁谁漂亮，谁谁迷人，谁谁招人喜欢。你时不时地当着所有店员说，你看你多老土，像个家庭妇女。起初我是你捧在手心里的公主，后来，我就成了你眼里想骂就骂的土包子。你知道，我心里的滋味吗？

对的。我就是要工作，就是要提升我自己，就是要有我自己的生活圈子，就是要梳妆打扮漂亮。非要问我为了谁，那我就告诉你，为我。

她继续说，让我不工作，只做你的附属，你是不是想迟早换了我？

男朋友说，那你和那小子走得那样近，是不是想迟早换了我？

她突然"哧"一声笑出来，她说，哪有。你放心好了。

在劲风中，走了一夜，聊了一夜，畅所欲言，心里痛快多了。天微亮时，刮了一夜的风停了。她挽起男朋友的左臂，把头搁在他的肩膀上。她说，我累了。男朋友用开玩笑的语气说，我背你？她说，不要。

男朋友说，我爱你。

她说，我也爱你。

214 号列车

是去云南昆明，四季如春的花城。十二个小时的车程，却只剩下站票，站票也行，说不定车上还能找到空座。上了车，却没有空座，过道里都是人，连翘走了五个车厢，失望地在一个座位前停下。三连座的过道边上，坐着一位瘦削的年轻男人，因为瘦，他沉在座位里。连翘将包拉至身体前面，背部的重力压在椅子的侧面。这姿势让她舒服。太累了，她想，这姿势也不知道能坚持多久，或许，一会儿需坐在过道的地上，太难看了，可是，难道还有什么更好的办法？

连翘已站了一个多小时，此间，她的眼睛不停地打量脚下的空间，半米长的距离，够她蜷缩着抱膝而坐，也许她可以把头放在膝盖上，沉沉地睡一觉。过路的人会踢到她吗？管它呢。

连翘正动着这样的心思，背后的男人站起来。男人对她说，站累了吧，我们换着坐吧。你不用客气，我只是也想站一会儿，坐累了。男人礼貌地朝她点点头。连翘本想拒绝，可听他说坐累了，她若不坐下，也许坐下的就会是别人了。连翘感激地说"谢谢"。连翘将脊背靠在椅背上的时候，感觉通体舒坦。连翘坐了一个小时，就站起来让男人坐，男人也蛮配合地坐回去。过了一个小时，男人又站起，让连翘坐。连翘想，这男人蛮帅的，蛮体贴的，蛮细心周到的，就聊起来。原来他是业务员，也是去云南，出差，为一笔货款。

当他们互相谦让三次之后，当连翘睁着惺忪睡眼，迷迷糊糊站起来时，男人说，瞌睡了？出门都不易，挤挤，都坐下吧。连翘内心略一挣扎，就同意了，毕竟，太困了，毕竟是和一个善良的男人坐一起。于是，三个人的座位坐上了四个人。连翘很安心地睡着了。

一觉醒来，车窗外似乎已经有些蒙蒙亮了。车厢里很安静，旅客们呈现出各种各样的睡姿。连翘看见男人没睡。听见动静，男人转回头，对她笑笑。男人忽然轻轻地伸出手臂，环抱她的腰，同时，男人俯身在她的耳边轻轻说，做我女朋友吧。那一天是2月14日情人节。连翘涨红了脸颊，发现自己呆呆看着男人的眼睛，忙撤回眼神。男人却轻轻地将他的唇吻上她的脸颊。

连翘每次回忆起他和老公的相识，都感觉是如此浪漫、独特，不同寻常，连翘常常想着想着嘴角就柔和地翘起来。连翘把这辆火车命名为214号列车。

婚后三年，也就是一个月前，连翘发现了另一个女孩儿的蛛丝马迹。她去女孩的QQ空间，看到女孩和自己老公的亲密合影，她的心一阵刺痛。她看了女孩的日志，她发现这样一段话：我的心和列车一样不停摇晃，我们挤坐在一起，他的手环抱在我腰间,他是一个如此温暖的人。那一刻我的心被击中了。

连翘突然感觉地震了,平整的地面裂开无数条鸿沟,她的214号列车离开轨道,一头扎进了万丈深渊。

在连翘的逼问下,万不得已,男人承认了那个女孩的存在。他承认错误说,请你原谅我,以后再也不会了。连翘要求他和女孩断了一切来往,他答应了。连翘爱他,她尝试说服自己原谅他。

几天后,连翘接到一个电话,是一个女孩儿打来的,女孩说,你离开你老公吧,他不爱你,他爱的人是我。连翘想起QQ空间里看到的女孩,连翘问,你就是渺渺?女孩说,谁是渺渺?连翘问,你和我老公是怎么认识的?女孩儿的声音一下子变得温柔,女孩说,列车上,我们一见钟情。连翘说,你叫渺渺?女孩警惕地说,渺渺是谁?连翘说出一串数字问,这QQ号是你的?女孩说,这是谁的QQ号?连翘说,加了这个QQ号,你就知道渺渺是谁了?

走出民政局的大楼,两个人要分开了,连翘停顿一下,连翘问,你爱过我吗?不再是老公的男人说,我始终是爱你的。连翘深深地看了男人一眼,头也不回地离开了。

落　寞

梅巧巧敲门时,我和吴小涵正好都在家。是吴小涵开的门。她礼貌地把梅巧巧领进来。梅巧巧说,我住三天就走了。吴小涵看一眼梅巧巧拉着的行李箱,肩上背着的是装得鼓胀胀的双肩包,回头看我一眼。那一眼让我心里一惊。因为我看见吴小涵吃惊地张大眼睛,眼神里似乎有着像机井一样深的恐惧。我对吴小涵的反应觉得非常奇怪。

梅巧巧是我朋友,我拿她当哥们儿一样看待。我们都是漂在北京的演员,她告诉我说,她又接了个戏,三天后到剧组去,可是她租的房到期了,她不想再续租了,想等拍完戏再找房子租。这中间间隔的三天,总不能流落街头吧?她想在我的书房里借住三天,然后再到拍戏的城市去。我这几年发展得还行,刚来北京时与人合租,现在租了一套房,住得还算宽敞。不就三天吗?我一口就答应了。这事我没告诉吴小涵。

我接过梅巧巧的行李箱,拉到书房里,将梅巧巧安置好。梅巧巧说累了一身臭汗,想去冲个澡。吴小涵说,行,你去冲吧。梅巧巧关上卫生间的门,里面传出哗啦啦的流水声。吴小涵问,她怎么住这儿了?我小声地将梅巧巧的房租到期又接了新戏的情况对吴小涵说了。

吴小涵说,你征求过我的意见吗?我笑说,现在不就是征求你的意见吗?吴小涵小声说,现在算是征求?人都住进来了,叫征求?我说,我知道你会同意的,她毕竟是我朋友。吴小涵没有起一句高腔,声调也很平稳,可是,我说过这句话后,就看见吴小涵眼眶里突然滚下两行热泪。我突然很烦躁,我说,你这不是在挑事吗?

这时候,卫生间的门开了,梅巧巧甩着湿漉漉的长头发走出来。

吴小涵是个很懂事的女人,梅巧巧住在我们家三天,虽然,她在我面前闹着别扭,但是,当着梅巧巧的面,她的表现还是像往常一样。梅巧巧一点也不知道,因为她住进来,吴小涵生气了,生了很大的气。从这一点来说，我非常感谢吴小涵。

三天之后，梅巧巧离开北京，去了新剧组，我以为这事就过了，我和吴小涵又回到了以往的平静生活。可是，自从梅巧巧走后，不，是自从梅巧巧住在我们家时起，吴小涵就有一点不一样了。我感觉到她对我有些疏远。

在一起两年，吴小涵将我的生活打理得很好，我知道，她很爱我。吴小涵偶尔的也会怪我，她说，你和朋友交流的都比我多。我想想，也是。可是，这不是很正常吗？

一天，我们正吃着饭，她突然问我，你不觉得，在你心里，梅巧巧比我更重要吗？那时，我正饿着，注意力都集中在她做的那些好吃的饭菜上。我说，这个问题还用问吗？她说，那你就是默认了。我说，默认什么呀？她是我朋友，朋友和你都重要。她长长地叹了一口气，再也不说一句话，只专心致志地吃一口菜，喝一口粥，空气似乎都变得僵硬了。

在剧组里等待拍戏时，我的脑子里老是闪出吴小涵专心致志吃一口菜喝一口粥的样子，她只看菜和粥，都不看我一眼，似乎我不存在一样。怎么才能让她不生气呢？我琢磨了很久，我认为我找到了问题的症结所在，我有了主意。

拍完戏，我回了一趟老家，和我的爸爸妈妈见了一面，我就返回北京。见到吴小涵，我对吴小涵说，小涵，我和我爸我妈商量好了，我们就在今年九月结婚。吴小楠很吃惊地望着我，说，你是说同我结婚吗？我笑说，当然是啦。吴小楠说，可是这事我怎么不知道呢？我说，我不是现在就在告诉你这个好消息吗？我和我爸我妈都商量好了。

吴小楠说，你和你爸妈都商量好了？我说，商量好了。吴小楠说，这事是不是应该我们两个先商量好了，再去和你爸妈商量？

我说,有什么分别吗?吴小楠说,你觉得没有分别吗?我说,没有。吴小楠说,你和你爸妈商量好了,再来通知我,我不觉得这是好消息。

吴小楠说着说着就泣不成声了,哭过之后,吴小楠和我分手了。我很爱吴小涵,我知道,她也很爱我。我很痛苦,我想不通,她为什么要和我分手呢?

邂　逅

收拾好家务,卿换条浅咖啡色长呢裙,简单梳两下披肩长发,把长发在脑后挽起,顺手用发夹夹了。和爱人道声别,急匆匆地出门。

画廊里有一个画展,卿走进去时,人并不多。卿站在画卷前,入了神。那是一幅江南画。是断桥吧?卿想。长长光影交织的断桥上,有一个年轻女子的轮廓,穿拖地白裙,狂风把裙吹皱,使劲向身后飘,女子却兀自身体挺直头高昂,岿然不动,视狂风若无风。

卿在看画,男人却在看卿。他早注意到这个看画的女子,他不确定是从哪一次画展开始。她总是匆匆地来,匆匆地定在画前。站在画卷前的女子像一尾雪地里的狐,人站着,魂魄已经起飞,荡悠悠地没入画境。他总能从她的神情里捕捉到种种转瞬即逝的情绪,那是画里的情绪。正如一个人看小品,在该笑的点上笑了,该哭的点上哭了,恰到好处。

每次画展，他就盼着她来，看她看画，犹如看自己飘荡的灵魂。他叫君，是画家，卿喜欢的那些画，是君画的。

卿看完画，心满意足又怅然若失向外走，她合上冰凉的玻璃门时，君也走出来。君和她并排走了几步，卿不安地转过头，没有说话。君却看到她眼里的询问。他说："我是君。君未娶的君。"卿哦了一声，便无话。君说："可以一起喝咖啡吗？"卿说："不了。我还有事，谢谢了！"君说："可以知道你的名字吗？"卿就笑了，说："我叫卿。卿已嫁的卿。"说话间已到路口，卿转个弯不见了。

君有意向人打听卿。有人说："那个喜欢画画，喜欢江南的卿？前不久，两个同事到卿家里去，卿和同事说着话，弯腰取东西，无缘无故，'砰'的一声巨响，玻璃杯在磁地板上摔碎了，玻璃碴溅起来，正割在卿颌下，鲜红的血滴下来。杯子是卿的爱人故意摔的。卿愣一下，没有说一句话，去拿笤帚，把碎玻璃扫起来了……"君正听着，那人却被叫走。君感慨万千，实在想不到卿的日子这么苦。苦了也好，君也因此生出些许期望。

卿实在是喜欢君的画，有人画的是形，有人画得却是灵，灵是脱离人体而独立存在的吧？每个灵魂都不同，而她竟遇见与己相通的。通常，有人试图进入卿的世界，她立即警觉起来，像只刺猬，支楞起无形的刺，随时准备自卫。卿想，君若进入她的世界却是可以的，他可以自由地舒展，想怎样都合适。卿被她突然产生的念头吓坏了。她双唇闭紧相互抵抗，眉头紧锁，鼻子也用力皱起来，她想：这个世界到底是怎么了？

还是画展，君送卿从画廊出来，还未完全从画境里出来的卿有些神思恍惚。路口，卿紧走几步过马路，卿在前走，君在后看。"有车。"君大叫一声，以百米冲刺的速度冲上去，拉起卿的胳膊，冲向路对面。小车裹挟着一股强大的凉风"嗖"地从他们身边刮过。小车前进十米，"剌愣愣"摩擦着地面停下，留下明显的擦痕。卿被拉得踉踉跄跄，重心不稳，倾倒在君的肩头，才没跌倒。君拥着卿说："太危险了。"卿惊魂未定，人还伏在君的耳边，倒吸着凉气说："吓死我了。谢谢你！"

时已冬日，又一次画展，君再次对卿说："一起喝杯咖啡？"卿瞅一眼君的眼睛，又瞄一眼画廊里的时钟，不动声色叹口气，应下了。

白色的咖啡杯，腾起雾一样的白气，卿捏起杯子，嗫一小口。君费神地想看进卿的眼里去，却被腾起的雾气遮蔽了。君说："你最喜欢江南？"卿说："是。喜欢江南。"君说："江南一个出版社邀我去做美编，我答应了。"卿说："很好啊！祝贺你！"君说："我想和你一起去。"卿吃了一惊，说："这怎么可能？"君说："这怎么不可能？只要你愿意。"卿说："你忘了，我有爱人。"君说："那个在你同事面前摔碎玻璃杯，划破你下颌的男人？"

卿低下头，绷紧了双唇，沉默。卿没有抬头，她凝视着晃动的咖啡说："他从前不这样，只是他厂里出事故，他的双腿没了。他不习惯轮椅，所以他的脾气变得暴躁了。有我在，他迟早会恢复平静。"说到最后一句卿抬起头，君看到卿笑了一下，笑得凄凉而妩媚。

君先是很惊讶，然后说"对不起"，继而屏住呼吸，很久没有出声。离开时，君说："我下周六就要走了，今天就算与你告别吧！"卿说："祝你一路顺风！"君说："谢谢你！"君看见卿又笑了，笑得凄凉而妩媚。

星 空

深夜,天高地远,繁星点点,静谧极了。

他们坐在草地上,她依在他的臂膀里。空气里流动着春天花草的甜香。

他憧憬地说,如果,我们拥有一个小房子,你想把它布置成什么样?

她笑说,我才不回答你呢。

他惊讶地问,为什么?

她嗔笑地说,你问得不对……

他捏捏她的手心说:怎么才对?

她说,是家,不是房子。

他揽紧她的肩。他俩对视着,甜蜜地笑。

他再问,你想把我们的家布置成什么样?

她羞涩地说,想布置成你喜欢的样子呢!

他说,喜欢今夜吗?天空这样纯净,星星这么闪亮,我们这么幸福。我想,我们的家永远就像今夜。

她说,喜欢。

她们不说话,闭上眼睛感受着她们能感受到的一切。

她突然睁开眼睛,她的眼睛一闪一闪,就像天上的星星一样亮,她说,我想好了,我们家的模样。

是二手房,在六楼,已经交过首付。她像衔新泥的春燕一样,辛勤地给她的窝里衔来一块块春泥。最令她心旷神怡的,是天花板,浅蓝色的底子上繁星点点,床下两双拖鞋,安静地依偎着,拖鞋上繁星点点,她觉得漂亮极了。一双粉红,一双浅蓝,仿佛一对相亲相爱的情侣。让她想起他对她说过的话,喜欢今夜吗?她想,我们的家永远就像今夜。

一阵音乐声突然打破这静谧,是手机响,她看看号码,有些惊惧,她不想接,可是,又不得不接。是银行的催款电话。最近,她常接到这样的电话,是不同的银行打来的,目的却都是一样。这些电话让她心绪不宁,有一回,她假装手机没响,不去看,不去听,却错过一个重要电话,她让公司损失一名大客户,那是一笔相当大的订单。老板暴怒,炒了她。现在,她没有了工作,却还要每月偿还 2500 元的房贷。她从不同的银行办了三张透支信用卡,第一张借款到期了,就用第二张去还,第二张到期了就用第三张去还,第三张到期了,就用第一张去还。被逼债的日子,让她每天都战战兢兢。这些,她还不想告诉他,怕他会担心,但她知道,他终究还是会知道,并且很快他就要知道了。

她给他打电话,听到他的声音,她立即哽咽了。她说,我头晕得厉害,天花板一直在旋转。他焦急地说,你在哪里?她说,在家里,我一个人。循着她说的地址,找到她说的家里。看看卧室里星空一样的天花板,看看星空一样的拖鞋,他抱起了她,感觉她的身子轻飘飘的,像一缕风那样轻飘飘的。她晕倒在他的怀里。他把她送到医院。大夫说,休息不好,压力过大,饮食不定,劳累过度,身体极度虚弱。

醒来时,她躺在医院的床上,他坐在她身边。她问,你看见我们的新房了吗?他点了点头,又摇了摇头。她问,你喜欢我布置的星空吗?我跑了很多超市,才买到星空样的拖鞋,你的是浅蓝色,我的是粉红色,可漂亮了。她的声音还像一缕风一样孱弱。他问,你怎么瘦成这样?她说,我买了房子,刚装修好。现在,我们有了房子,我爸就不会再反对我们了。

他说不出话来。这次见面,距他上次见她已经过去两年多。他给她倒了一杯茶,说,喝点水吧?

她说,还记得吗?我们的"未来卡"。每月里,我和你都向卡里面存钱,这笔钱将用于对我们未来的建造。几个月前我发现,我们分手后,你每月仍然向里面储存。

他看着她,流下了眼泪。

他说,是你爸说你应该有更幸福的人生,说你跟着我会受苦的,求我离开你。可我放不下,每月只有向卡里存了钱,心里才会稍稍安慰。我希望你还能来找我。可是,你一直都没有任何消息。

女孩也流泪了。她说,你走了,我就发誓,再不动这张卡一下。直到几个月前,我取钱时错拿了这张卡,才发现了,这卡里多了这么多钱。你还是爱我的,是不是?我取出我们"未来卡"的钱,又贷了点款,交了首付,装修得虽简单,可都是你喜欢的样子。现在,我们有家了。他流着眼泪,说不出话。

女孩出院了,他送她回到新房。然后,他要离开,她说,为什么不看看我们的新房?他说,分手后,我向我们的"未来卡"里又存了一年,可是,得不到你一点点回应。我想,也许,我再也不能储蓄我们的未来了,就停止了。

他继续说,后来,我又遇到另一个女孩,她和你一样,温柔善良贤淑。她说,我不相信。他又流泪了,他说,对不起,我已丢不下她了。

紫葡萄

互联网项目经理职位，像串熟透的紫葡萄，诱人地挂上枝头。令对互联网项目管理有梦想的人怦然心动。

我为之倾心已久。西装笔挺，气宇轩昂，我走进这个在全国都颇有影响的互联网企业，面试。负责招聘的两个男人一胖一瘦，我在他们对面的椅子上坐定。瘦男人的目光从我的简历上移出，仔细打量我。我早做过功课，知道瘦男人是公司的副总裁，这次招聘结果如何，由他一锤定音。

尽管，我已被不同企业拒绝过十二次，我却越来越快乐。我知道，我能行。排除拒绝我的越多，最终，那个既接纳我，又被我接纳的企业，才能脱颖而出。

我咬准字音，加重语气，一字一顿说，我叫苏铁，二十八岁。胖男人开口说话，我专注地凝望他，侧耳倾听。他说，你这个PMI的PMP证书，是全球项目管理领域含金量最高的认证，能考到它很不容易。被认可的喜悦开成一朵小花，从我弯起的眼角溢出，散发到对面，胖男人接收到了。他接着说，可是，根据你的个人简历，我认为，软件工程师的职位，会更合适你。

我心里咯噔一响，我说，一路走来，我与项目管理结下不解的缘分，我不想放弃。做过三年软件工程师，三年项目管理工作，按照我的职业规划，要更前进一步了。胖男人瘪瘪嘴，耸耸肩，一副爱莫能助的模样。我将目光转向瘦男人。瘦男人坐直身子，颇有兴趣地打量我。彼时,我身体前倾,微微向前探头,仍然全神贯注侧耳倾听。瘦男人说,那你谈谈你对互联网项目管理的认识。

我绷了一下双唇,直击要害地说,除了对项目管理专业知识娴熟之外,更重要的是沟通,与领导的沟通,与客户的沟通,与团队成员的沟通。沟通得好坏,直接关系到整个项目的运行。

沟通。唔。瘦男人深吸一口气,用怀疑的口吻说,需要大量沟通的工作,你认为你能胜任? 当然,专业技能你没有问题。我闭一下眼睛,咽一口唾液,但毫不退缩地说,今后的工作过程中,您会相信,我能。

我从瘦男人眼中看到欣赏的眼神。显然,胖男人也感受到了。胖男人吃惊地看着瘦男人,说,每个人都有个体的特点,我们何不根据他自身的特点,给他软件工程师的职位呢?

瘦男人思考了一会儿,把这个问题重新抛给了我,他说,你怎么看这个问题?

我说,是的,我有耳聋的残疾,离得若远我会听不清楚,但是,近点,专心点,这个可以克服。

瘦男人说,不用说了。软件工程师也许更适合。我说,希望您能再考虑一下,若您只能提供软件工程师的职位,我只有放弃。瘦男人的眼睛亮了一下,说,为什么不选择更宅一点,不需要与人打交道的软件工程师? 非要执着于项目管理呢?

我想起了从前。我说,我一岁时,我妈发现,有时叫我,没有反应。妈带我到医院去检查,原来我有听力障碍,无法治愈。我对瘦男人笑一下,又对胖男人笑一下,继续说,为了让我学会说话,我妈一个字一个字教我。常常,一个字要大声重复十遍二十遍,我才能发出像样一点的声音。

我从小就喜欢吃紫葡萄。妈说我吃紫葡萄很顺溜,可是说

"吃紫葡萄"就说不好。这个词,妈教我整整三十五天,我才说得准确。

瘦男人说,嗯,你的普通话虽然咬字重一些,说得稍用力,还是比较标准的。我自豪地冲他们点点头说,是啊,我妈,能教会我像正常人一样说话,让我充分相信,我也能像正常人一样,做自己想做的事情。

瘦男人说,吃紫葡萄。然后看着我。我会意,笑。我说,吃紫葡萄。怎么样? 还行吧?

瘦男人看胖男人,胖男人也笑。

瘦男人说,恭喜你,希望今后我们的合作像今天一样愉快!

我微笑地说,会的。

寻找最好的腿

老师对姚子由说,你有最好的双腿。

老师说这话时,姚子由的双腿骨折了。他正躺在病床上,身上盖着薄薄的被。他拒绝手术。老师坐在病床边,看着他的脸。蓝色的床头柜上,放着一个花瓶,花瓶里盛开着老师刚刚送来的鲜花。

老师说,你深呼吸。对,就这样。闻到没有? 花很香呢!

姚子由没有说话,他的眼神很空寂。

老师说,最好的腿,到哪里去了呢? 怎么找不到它了。

姚子由看了老师一眼,心里很是迷惑。

姚子由是在上学路上摔倒的。他躺在柏油马路上,裤子破裂了。他看见浅蓝色的天幕,打着卷儿的白云朵。疼,他感觉到骨头成了碎片,扎进肉,刺出血。一动也不能动。他对自己呢喃低语,完了,全完了,再也回不到课堂了。

病房里安静极了,时间仿佛凝固。这安静和课堂的安静不同。课堂的安静孕育未来。这安静带给他绝望。

他曾经在课堂上对老师说过豪情万丈的话,我可以成为最棒的。老师说,对,你有最好的腿。那时的激情已经成为过去时。姚子由什么未来也不敢再想了,什么梦也不敢再做了。每次轻轻想一下,腿就钻心地疼。

第二次,老师来到病房。老师似乎格外青睐当初那个充满豪情,彰显张狂的他。老师说,又不是没住过病房,病好了就可以回到课堂。

姚子由闭上眼睛,他不想和老师争辩,他认为没有争辩的必要。闭上眼,就有泪点儿顺着眼角向下淌。他有先天性脆骨病,轻微的损伤,就可引起骨折。六岁多时,妈妈扯着他的手走在街上,走着走着,双腿就突然骨折了,那次骨折后,便不能走路,从小学一年级坐轮椅,一直到高二。是的,病房是他熟悉的地方,但这次不同。大战在即,争分夺秒,他却从课堂坠落病房,仿佛战士从前线退入后方,一落千丈。况且,这次住院,不是一天两天的事,三个月,五个月,八个月,也许至生命的尽头,一直就这样。

老师说,尽快手术吧?姚子由不语。他的眼睛里呈现出死灰色。他对治疗失去信心,谁都不能说服他进手术室。

老师像对姚子由,又像对自己说,我来,寻找最好的腿,最好的腿哪里去了?

姚子由心里微微一动。他曾拥有的,此后,可能永远消失了,怎么办呢？

第三次，老师来到病房，这次，老师抱着一个绿色的塑料箱，是他的课本以及辅导资料。他的眼睛在触到箱子时亮一下，立马又暗淡无光。

箱子，在姚子由床边放下，老师取出课本，放在床头，老师说，病房依然可以是课堂。

姚子由终于开口说话了。他说，怎么会呢？病房就是病房。

老师似乎有些心疼。老师避开姚子由的眼睛，走到窗前。病房在十楼，姚子由知道下面是小花园，他不知道老师看到了什么，他觉得老师的背影很单薄，他觉得老师和他一样的迷茫。

姚子由听到老师说，最好的腿，你有的，你怎么就看不见了呢？

他看到，老师肩膀上，有一架飞机，很小，贴着淡蓝色的天幕，朝着东方使劲飞，飞呀飞。

他突然忆起，在教室，他坐着，老师站着。刚发了试卷，数学模拟考，147 分，年级第一名。那一刻，太阳在窗玻璃上映射出七色光，熠熠生辉。老师站在他身边，温和地笑。他语气铿锵，说，看到了吧，我可以成为最棒的。老师说，对。他激昂地说，最坏的失去就是最好的得到。当然，老师明白，他是指虽然他只能坐在轮椅上，但也因此，促使他变得如此优秀。

姚子由突然喊道，老师！他的声音因激动而抖动。

老师回过头。姚子由说，老师，我看见了，我有一双最好的腿。

手术很成功，病房里散发着阵阵花香。有花香的病房成了姚子由的新课堂。他看到，他向往的大学向他招手微笑。

最好的腿，真的找回来了。

诱　惑

早上，同学们都去学校餐厅吃饭了。我蹲下身，从床铺下拉出纸箱子，掀开粗棉布，露出香喷喷的发面火烧。一口气吃两个，吃完了，余香还在喉咙里缭绕，我舔了舔嘴唇，从嘴角舔进去一粒火烧渣儿，嘎吱磨碎了，最后的小小香气，让我分外满足。我又喝碗热茶。早饭就算正式结束。

我想知道同学们吃的都是什么？我去教室时故意拐个弯从餐厅经过。透过白玻璃，只见餐厅里熙熙攘攘。我经过敞开的门口，一股股香气荡漾。我边慢慢走边扭着头看，只见李州走到餐厅门口，扬起碗，里面流出红的粥，粥里有红米粒，红花生，红豇豆，盛开出一朵红的花，落进下面的大木桶。我立马就心跳加速了。

等到第三节下课，我实在忍不住，附在坐我左边的李州耳边小声问，你早上倒掉的是什么？他说八宝粥。见他一脸疑惑。我担心他再问什么，急忙假装看起了手中的课本。

每天吃饭，我都是在宿舍里吃，我床下纸箱的粗棉布里包着二十个火烧，这是我一周的粮食。后来我才发现，同学们都到餐厅吃饭，我猜带干粮上学的大约只有我一个。我的早餐、午餐、晚餐全是火烧。渐渐，我吃到口里就没有了原来的滋味。

我是在三个星期后，和李州一起第一次走进学校餐厅。我的目光四处寻找，李州问，吃什么？我说，八宝粥在哪？李州就把我带到了八宝粥的队伍前。队伍里李州在我前面，我在李州后面。我看见师傅的汤勺在大盆里一搅一舀，李州的饭盒就满了。轮到我了，我一闪，闪出了队伍。

我的口袋里装着两块钱，这是爷爷给我一周的零花钱。我说我用不着。爷爷说拿着，说不定能用上。我每周都把钱带回去，爷爷给我包好发面火烧，给我取两块钱时，我就会变魔术一样从口袋里亮出我的拳头，展开了，上面躺着卷成卷的两块钱。只要我不动这两块钱，爷爷就可以不再给我新的两块钱。

我差一点就动摇了，李州说八宝粥八毛钱，如果我让师傅将八宝粥盛入我的碗里，那么，回到家，我将怎么面对我爷爷。从我记事起，我就只有爷爷，村里人都说我和爷爷是村里最穷的人家。最穷的爷爷却最爱说村主任念过的标语，再穷不能穷教育。爷爷说，我家顾林以后可是要上大学的。我想，这已成爷爷的信仰。爷爷每周给我做二十个火烧，我可不能再给爷爷雪上加霜，让爷爷每周为我筹措两块钱。我为我竟然产生想喝一碗八宝粥的念头感到无比羞耻。

后来，李州成了我最好的朋友。李州说，学校的八宝粥太难喝，每天他总喝不完，总要倒掉半碗。他说，这你亲眼看到过，你要是不信，你可以天天和我一起去餐厅，看看是不是真的。倒掉时总能看见，桶上方的门柱上贴着，浪费粮食可耻。有时老师见了还要批评一顿。李州说，不如这样，我每天分你半碗，我就不用再浪费了。我回绝了李州。

李州仍再三邀请。一天，我终于受不了诱惑，和他一起走进餐厅。那天，我看着他用勺子从他饭盒里向我碗里舀粥，那粥是红色的，表面却闪着一层金粉似的光。我喝了一口，除了香，竟然还有甜。我久久回味。我发誓，将来，一定要让我和爷爷天天能喝上八宝粥。

后来，李州又多次喊我一起去餐厅。我说，我只是尝尝八宝粥的味道。无论李州用什么样的话都没能再说服我走进餐厅。

但八宝粥的味道成为我发奋学习和想方设法勤工俭学的动力。

我和大学同学三年的女孩说这些时，女孩的眼睛有些湿，后来，女孩就成了我的女朋友。大学毕业时，女孩第一次去我家，那天，女孩支起锅，从包里取出超市买的材料，熬了一锅甜丝丝的八宝粥。

喝着我女友做的八宝粥，爷爷幸福无比。爷爷打开话匣子，没完没了地说着我们的过去。后来爷爷把碗放稳，坐直身子，擦干净嘴，想一会才说，爷爷有个秘密。我和女友吃惊地望向爷爷。

爷爷郑重地说，你大了，爷爷不能瞒你一辈子。你是爷爷抱来的，在镇上大路口桐树根边的土地上。我笑了，我说，这算什么秘密，八岁那年，我就从村里人那里知道了。

若　溪

大路东头路南，滋补烩面馆内，吃客们坐在四人方桌旁，此起彼伏的交谈声，使室内嗡嗡嗡地响。

中间的一张四人长方桌左侧，两个年轻女孩并排坐着，等待上烩面。大二女生乔乔靠在椅背上笑嘻嘻地命令，今天只有我们俩，不准左顾右盼。身边的同班好友若溪，立即竖起右手食指，放在鼓起的红唇上吐口气，侧耳倾听。

没有手机真不方便，我得赶紧买个新手机。这声音不知从哪张桌子上飘过来。

乔乔瞪起眼，梗起脖子说，说好了，今天吃饭，绝不卖手机。不准食言。

若溪对乔乔一笑，悄声说，机不可失。起身，抓起她的大包，穿过两张方桌，欠身坐在一对青年情侣对面。

乔乔看着若溪的后背摇着头说，着魔了，没治了。

若溪问桌对面的女孩，手机丢了？

女孩用陌生的眼光打量她，鼻子里若有若无地"嗯"一声。

你的气质真好，应该拥有一款气质与你非常搭的精美手机。

看看这一款。若溪将身后的包放在腿上，拉开拉链，怕女孩离开似的，急切地抬头对情侣俩笑笑，从包里拿出一个包装盒放在长方桌上，打开，拿出一款小巧精美的国产品牌手机托在手上。

服务生端着托盘里的两碗烩面，从若溪身边走过去，停在乔乔身边。乔乔喊，若溪，烩面好了。若溪回头看乔乔一眼，说，你先吃吧。

经过若溪柔声细语的讲解，女孩似乎对手机比较满意，男孩也对手机表现出兴趣。但男孩产生了另外的疑问。

男孩对女孩说，我们怎么相信萍水相逢的陌生人。别丢了手机，又被骗了。

女孩有些不高兴，但显然被说动了，放下手机，回头看看厨房的方向，说，这么慢，还没好？

若溪从包里掏出身份证递给女孩，把大学的学生证打开了递过去，男孩接住了。女孩和男孩都认真看了，又交换身份证和学生证看了。扭过头，相视一笑。

女孩说，好，我要了。若溪接过钱，女孩接过手机。若溪回头看，乔乔正用筷子挑起缠绕的烩面放嘴里，吃得很香。看若溪回头，忙抬左手朝她做个胜利的手势。

服务员将烩面放到长方桌上，女孩拿起筷子，伸向烩面。

若溪突然想起一个问题。若溪又跑回去问买手机的女孩，刚才坐在那边时听见你说，昨天打电话打不通，后来就关机了。那你今天又打了没有？

女孩诧异地说，没有。

男孩脸上露出嘲讽地笑。

若溪继续说，那再打一个吧，趁我还没有离开，再试一次。看看有没有奇迹发生。

乔乔在身后不满地喊，若溪，烩面都凉了。

若溪却对女孩说，再试一次。

女孩真把筷子放碗上，拿过男孩的手机拨了一个号码，手机接通了。若溪隐隐听见对方问些手机丢在哪里，是什么牌子的手机，手机上都有什么号码等情况。然后解释说，这手机昨天没电了，我孙子今天用万能充电宝充了电，才算通了。然后又约好，在什么地方取手机。

女孩把新手机放进包装盒，把包装盒盖严实，满脸歉意地还给若溪。若溪把手里还没有收起的钱递过去，拉开包链，把手机放包里，回到座位，默不作声吃她的烩面。吃完烩面的乔乔用埋怨的语调说，你呀。

吃完烩面，若溪和乔乔走向不远处的一家银行。

乔乔说，我爸给我卡里打了一千元，让我周末逛逛商场，买好看的衣服，买好看的头饰，也可买些好吃的。

若溪向一账号存一千元。看银行职员办好手续，若溪给妈妈打电话说,妈,安心照顾好截肢的弟弟,爸爸不在了,但是家里还有我。

缺　憾

女孩手机微信响了,打开一看,是张照片,红嫩的嘴唇,弯弯的眉毛,挺立的鼻子,柔和的面庞。女孩吃了一惊,尽管这照片美艳异常,可她还是认出是他。他为什么要男扮女装?

他天生九指,右手中指与无名指相连。虽然使用起来很灵活,可是,随着年岁增长,他发现人们肆意嘲笑他的手指。那嘲笑累积得越多,使他越害怕出门,更不敢打他喜欢的篮球和做其他想做的事。他站着时,右手一定揣口袋里;他坐下时,右手一定压右腿下;天气稍转冷,他一准迫不及待地戴上黑色手套。

他做过一个梦,一把薄刀刃在他相连的两根手指间划呀划,血流如注,痛彻心扉,鬼哭狼嚎。疼醒了。他无数次兴奋地回忆梦中手指一点点裂开,直到脸上挂起满意的笑容。

一天,他喜欢的女孩,大大咧咧,捂着嘴,指着他的手,笑个不停。然后,她的嘴里蹦出石破天惊几个字,"鸡爪子,哈哈哈"。瞬间,西伯利亚的极寒寒流击中他每一个毛孔。他神速地把手塞进裤子口袋。他试图转身离开,却不能,身体僵僵的,结成一根冰棍。回家,他感觉不适,信手拾起桌上的体温计夹腋下,三十九度五。他躺床上,木木呆呆。

六天后,他辞去工厂里的工作,乘火车去了北京。

北京，一家彩妆工作室招人，录用了他，他觉得奇怪，问，为什么用我？招聘人淡淡地说，因为你对化妆这行有无法掩饰的喜爱呀。他成了一位女化妆师的助理。

他总是把右手揣在口袋里，能用左手时尽量用左手，不得不用右手时，他硬着头皮狠着心肠，鼓足勇气，将两根相连的手指袒露，他的心"咚咚咚"跳得飞快，脸憋得通红，脑神经紧绷着。

一天，女化妆师心情好，对他说，你做得不错，认真细腻。他长吁一口气，问，这么说，暂时不会把我辞了？女化妆师问，为什么要辞你？他笑笑，不想回答。女化妆师又追问一句，为什么要辞你？他看着别处说，你看我的手指，两根相连，所以，我只有九根手指，人们都看不起我。女化妆师说，是你想多了。

他很虚心好学，跟着女化妆师，学到不少化妆技术。

有一次，女化妆师很着急地说，我今天有重要的事，你替我给顾客化妆。他吓得变了脸色，恐惧地说，你看我的手，我会化砸的。女化妆师说，你大胆化，真砸了我赶回来再给她化一次。

他给这位女主顾化完了，突然想起，刚才专注于化妆，忘记把他相连的手指尽量躲在女主顾的视线之外。可是，女主顾好像也没有注意他的手。女主顾看女化妆师没来，发两句牢骚，担忧着他能不能化得让她满意，等他化完之后，他看见女主顾脸上浮着笑。他问，您还满意吧？女主顾一边欣赏着镜子里的自己，一边说，不错，非常满意。

有很长时间，他都在回忆女主顾脸上浮现着的动人笑容，眼波流转，对他说，不错，非常满意。女主顾的话让他很开心，很开心。他想，我的手指，是不是没有被发现？我不把手指藏起，好像也没有什么关系。

从那天起，他开始不怎么藏他的右手手指。当他用右手灵巧地做着他的工作时,他也不再那样战战兢兢。

再后来,他成了当地有名的化妆师,大家都为能约到他化妆而荣耀。

收到他的女妆照的是对着他叫"鸡爪子"的女孩。他通过微信发了照片,还要再发个微信说明发照片的原因,可是突然忙起来,就没顾上说。

忙完了,他又发了一条微信发送过去。他说:不知不觉出来五年了。我想回去,开个彩妆工作室。听说三个月后你就要做新娘,到时可送你一个新娘妆。这照片是我练手时自己化的。手艺不错吧?呵呵。

三个月后,在他的彩妆工作室里,化上新娘妆的女孩照着镜子感叹说,你有一双多么神奇的手啊。

签上你的名字

同学们从学校大门涌出去。王小奇看着杨一扬张腿骑上蓝色山地车,怡然自得的模样让他嫉妒得发狂。他做梦都想有这样一辆山地车。他问过杨一扬,杨一扬说,一千五百二。他的头垂下,踢着路上的石子,默然不语。

学校远,骑车一小时才能到,王小奇只能坐公交车上学,只有周末,或者平时放学之后,才有机会骑山地车出去玩。当他又一次无限向往地对父亲说他梦到骑山地车和同学们一起出去玩了,父亲咬咬牙,竟答应周日就和他一起去买。

怕父亲变卦,王小奇说,我怎么相信你?父亲表情神秘地从柜里小心翼翼取出一千五百二十元,让他打开上锁的抽屉,然后把钱轻轻放进去,摁了摁。让他把抽屉锁上。父亲笑眯眯地说,钥匙在你手上,这下你的山地车可跑不了了。

周五中午,父亲一回来就坐在沙发上,过了一会儿,身子一点一点向下滑。他笑了,他说,爸,瞌睡成这样了。他还想说,爸,要睡睡床上去。但他看到父亲还在匀速向下滑,屁股滑出了沙发沿。他嗅到了不祥的气息。他叫,妈——快来——妈。他刚刚变声,声音尖厉而沙哑,他一边喊,一边冲刺过去,挟住父亲向上拖。母亲箭样从厨房弹出来,煞白了脸,抱了父亲的腿帮他把父亲轻轻放倒在沙发上。父亲仍闭着眼。如睡着了一般。

医院里。他看见母亲的眼睛里一片混沌,母亲好像一个迷路的孩子,站在茫茫原野,茫然无措。他叫,妈。母亲扭过头盯住他。他看母亲还不接医生递过来的手术同意书。就替母亲接了,搁到母亲手里。母亲的手臂颤抖着,看着钻颅手术同意书,很久了也没动。

父亲命若悬丝,钻开头颅,清出血淤,才有望苏醒。手术都有风险,何况是脑溢血,何况是开颅。他就急出了眼泪。他说,妈,签字啊。母亲突然软软地倒在地上。母亲很快苏醒了,他扶母亲坐椅子上。

医生转向他说,你考虑下,如果手术,签上你的名字。他惊愕地说,我?然后他转过头看着母亲说,妈,我签了?母亲看着他,没说好,也没说不好。他捡起随母亲一起飘落地上的钻颅手术同意书,写他的名字。一笔一画,他写得战战兢兢,但终于写完。他站回母亲身边时,突然觉得自己变得又高又大,母亲变得又瘦又小。

做完手术,父亲并未苏醒,在医院住了四十六天,最终,父亲没能活着走出医院。

他和母亲离开医院的时候,同房病友的老伴叹息着小声说,一个好好的家,就这样完了。他听见了,心里很难过。他看一眼母亲,母亲也转过脸看他,他看见母亲递给他一个鼓励的眼神,当下就放心了。

一个月后,是他十六岁生日。他对母亲说,我要去买山地车。母亲说,给你爸看病钱花没了。他说,我有钱。爸说把钱放我抽屉,就等于山地车已放咱家了。母亲就别过头去,不说话,然后去厨房洗菜了。

他和杨一扬一起来到了卖山地车的店,他站在闪着铀光的蓝色山地车旁,摸摸车把,摸摸车辐辘,摸摸斜梁。他坐上车座,他对杨一扬说,用你的手机给我照张相。杨一扬掏出手机,把他和山地车定格在手机上。杨一扬说,看你笑得,像开了花。

那天,母亲站在门口等他回来,远远看见他骑车回来。他看见了母亲,抬出手,开心地朝母亲挥挥。他骑到近前,从座上下来。母亲皱着眉头,打量他骑回来的一辆蓝色的旧得不能再旧的26型轻便自行车。

母亲问,多少钱?王小奇说,五十元。王小奇停好自行车,把余钱放到母亲手里,拍打着黑色车座说,以后我上下学,全靠它了。母亲说,不行,上学一天骑四趟得四小时,坐公交车的钱不能省。他说,我中午不回来。行不行? 妈。

周日,母亲一边包鸡蛋韭菜饺子一边和王小奇拉闲话。母亲问,骑车上学累不累?王小奇说,你看我现在多强壮。王小奇展开双臂,握紧拳头,双臂弯曲,果然,瘦弱的胳膊上隆起隐约可见的肌肉。

少年郎

我从五六个少年手里一一抓过钞票，捏在右手拇指与食指间。我晃动胳膊，把钞票在左手心磕三下，拇指挑向自己说，有什么麻烦找我，我为你们出头。

我晃动身子，哼哼哼地笑着，一边扭头转身离开这群少年，一边将钞票塞进我的裤子口袋。无意间，我的目光从一双漂亮眼睛上一掠而过。恍惚里，那双眼睛里满是惊愕，微张红唇，愣愣地望着我。我慌忙寻找，眼睛已不见，只见一个袅袅婷婷的身影捂着嘴奔跑。奔跑如此迅猛，似乎试图瞬间奔出我的视野。我不由打个激灵。

我用小得只能自己听得到的声音叫声珮珮，腿一软蹲地上，头埋双膝间，双臂抱后脑勺，缩成一团。这是我在打架现场双方力量悬殊，无力回击难以逃脱时挨打的习惯动作。我对脚下的土地低诉，不是这样子的，珮珮，不是这样子的。

珮珮意外的一眼，破坏掉我那段美好时光里最纯真的爱情。

是的，我就是传说中的小混混，我小心地瞒着珮珮，不露蛛丝马迹。珮珮能成为我的女友，是奇迹。我对珮珮说我是销售员。我还对珮珮说，我的父亲和母亲在遥远的地方做小生意。珮珮对我深信不疑。那段时间，我在珮珮面前塑造出一位上进青年的形象。我的新形象让我幸福。

我并不觉得小混混不好，我们团结一起互相支撑，然后一起去网吧，一起去酒吧，一起去向少年们收取保护费，无论谁有麻烦，我们挺身而出厮杀在刀光剑影中。虽然有时受伤，有时冒生命危险，但是有兄弟，有归属，有温暖。尽管这温暖像火柴一样微弱。

珮珮带给我从前无法企及的快乐。时时有一种担心从我心尖一滑而过：假如我受重伤？假如珮珮知道真相？我惶恐不安。

加油站，远远看到珮珮，我的目光紧紧追随。近了，瞅见珮珮眼睛比平时小一圈，像没睡醒，上下眼皮浮肿得如同成熟的桃子。那一刻我对自己的痛恨如同火箭升空一样爆发，那种啃噬人的痛苦在几年时间里都伴着我，让我难以释怀。

加满油的一辆银灰色轿车悠然离去。珮珮把加油枪挂上油箱。车流声、人语声喧哗嘈杂，我却感受到我与珮珮之间流动的空气死一般的静寂。我脑子里转着小圈圈，想着珮珮最爱吃的午饭。我说，下班去吃蒸饺？珮珮说，不去。我说，那去吃土家砂锅面？珮珮依然说，不去。声调像刚从冰箱里取出来，冷得掉冰渣子。

我说，珮珮，那我老实交代。我的爸爸妈妈很早去世了，爷爷奶奶讨厌我。我也不是销售员。我只有和兄弟们在一起，互相取暖。

我的心情挂在脸上，事已至此，只任珮珮宰割。珮珮说，骗子，走开。又有一辆车驶来，珮珮走过去取下加油枪。我说，我来。我伸手去接加油枪，珮珮虚晃一枪，躲开我的手。一辆又一辆色彩纷呈的车接连不断受到珮珮春风般的接待，无论我说什么做什么，珮珮依然冷冷地把我晾在一边。

之后，很长一段时间，我找珮珮，试图挽回，珮珮都毅然决然地拒绝我，毫不动摇。珮珮说，没想到你是这样的人，太可怕了。

佩佩后半句话让我惊心动魄。

我死心。没有佩佩的日子，我开始吃吃睡睡，什么都不做。我讨厌我自己，讨厌毁掉我美好感情的吊儿郎当的生活。我瞪大眼睛，重复回忆与佩佩在一起时的点点滴滴的温暖与欢乐，重复回忆佩佩对我说，虽说我们不可能了，但不管怎样，还是希望你以后能找个正当工作。

我离开这个城市，到达另一城市。我一家企业挨一家企业求职，每次，介绍完自己，我都笑呵呵地说，我就是优秀的销售人员，请您相信我。终于，有企业要了我，两年时间，企业老板提升我做销售主管。我的生活里再也没有了从前的打打杀杀，提心吊胆，这让我心安。

春天的一个清晨，我走进公司，走进我的工作区域。我端起茶水，喝一口，看向我的销售团队，今天，我的销售团队加强了，新增人员里，竟然出现佩佩。

阳光从窗户外冲进来。佩佩站在金黄的阳光里，长发袅袅，亭亭玉立……

挑一个最适合的人

"有一节课，由我们班的一位同学来上。哪位同学愿意，到我办公室来报名。我给他上讲台的机会。"声不在高，班主任闵老师轻轻一句话，让我们班嘘声一片，笑声一片。

谁会站到讲台上讲课？这个问题折磨死我了。是我们班哪一个同学都无关紧要，重要的是，那个站到讲台上的人会不会是我？

是我？不是我？不是我！是我！这些念头在我脑子里转了无数遍以后，我腾地站起来。

闵老师办公室的门像一堵墙，把我的念头和闵老师隔开。只要门一动，我的念头将赤裸裸呈现在闵老师面前。我矛盾得要命，我想逃开，我却喊了一声：报告。我的声音怎么这么大？吓得我警惕地向门两边看。

闵老师说进来，我推开门，直视闵老师的眼睛说："闵老师，我想讲课。"闵老师这会儿看起来怎么会那么慈祥？闵老师说："报名的加上你有九个了，只有一节课，我要选一个最适合的。"闵老师笑眯了眼，老师的笑让我几乎以为那个讲课的人非我莫属。

走出闵老师办公室门时，我已经像一疙瘩揉蔫了的作业纸。老师说的可是要选一个最适合的，老师给我看了记在本子上的前八个名字，我的头就懵了，语文课代表，数学课代表，英语课代表，班长，副班长，最次的还是个组长。都是班上的风云人物。

不就是一节课吗？不就是站到讲台上假装老师吗？谁爱扬眉吐气谁扬眉吐气好了，反正我是没有那好运气。尽管我想得要命，可那与我有什么关系呢？不是谁想要什么东西，谁都能得到。这个我上五年级的时候已经非常懂得了。

一个星期过去了，老师在班上再次提到讲课的事。老师当着全班同学的面说，苏萌萌，你准备一下，下一周星期三上午第三节的语文课，由你给同学们上。你一定知道，这是多么让人兴奋的好消息。

老师把我带到她的办公室，从桌子上厚厚的一摞书中抽出一本很厚的书,递给我,说让我参考参考。我一看,是备课用的。我这才知道,原来还有备课的参考书。老师的行为让我很感激,我心里想,老师把她的书都拿给她的对手了,她也不怕我讲得比她好,那她多丢人啊。管她呢! 我一定要讲得比她好,让全班同学和她,都对我刮目相看。

我讲课的时候,老师就坐在教室的后边,看着我。就像是学校领导领一群老师听某位优秀老师讲课时那个样子。这让讲台上的我紧张欣喜、骄傲自豪。大约是好奇,同学们都听得认真,我讲了约二十分钟就讲完了,然后,我给同学们留了作业,让同学们在剩下的时间里做。老师赞许地对我点点头。

今年,我参加高考,成绩下来时,我通过一本分数线,收到录取通知书。这让我迫不及待地想看望闵老师。

在闵老师家的客厅,我坐在闵老师身边。我说,那一年,您选一个被人看不起的差生给同学们讲课,您可能不记得了,可那节由我讲了二十多分钟的课,它改变了我的人生轨迹。

闵老师摘下眼镜擦了擦,重新戴上,说,这节课我怎么会忘记? 当年,你的父亲来见我,他一头乱发,蓬乱干燥得像一蓬枯草,粘满久未洗涤的油腻与灰尘。他说,他在建筑工地上给人打工,为的就是让你好好学习,可你却很叛逆。他是抽空来见我的,他流泪了,说你母亲去世了,你只有他一个亲人,可他又不懂得怎么才能帮到你。你父亲求我,想办法帮你。

我观察你很多天,我发现你是一个有胆量、有勇气的小男孩,于是,我想到了这个主意。我当时真担心你不会来报名,我还绞尽脑汁想着怎么引你上钩,你却来了。你是好样的,我没有看错你。

当着老师的面,一向倔强的我,这次却流了很多的泪。

高老师矮老师

我在电视上看见一条新闻，一个学生，十四岁，跳楼死了。他妈哭着说，找到遗书，遗书上写着受不了矮老师对全世界说他是贼，以死证明清白。矮，很奇怪的一个姓。午夜，我被矮老师吓醒，很久后再被矮老师吓醒。

等到天亮，我驱车回故乡小城，寻找高老师。针尖儿似的小雨，一点不起眼儿，但很快就将车前窗弄得雾蒙蒙，汇成流淌的一道道水柱。

多年前，我考上市一高不久，新调来一位老师。个头不高，语言动作慢悠悠的，心里却有八头牛都拉不散的主意。他就是高老师。

欺他是从乡里中学调来的新人，很多同学并不怎么把他放在眼里，我也一样。我做小动作，对同桌叽叽喳喳说话，同桌对我使眼色，我依旧无所顾忌，说到高兴处，吃吃笑起来。

你，顾林，站起来。老师手指忽然抬起指向我。我停住笑站起来。高老师继续讲课。我自主坐下，又对同桌说起刚才没说完的话。同桌再三阻止，我也不听。

高老师说，顾林你出去，站教室外边。我翻起白眼说，不出去。高老师从讲台下来，拉起我的胳膊向外拽。我拼命反抗。那时是初秋，我穿灰蓝色长袖薄上衣。我被脸红脖子粗的高老师弄到走廊上，拉扯中，我的衣袖离开了衣服。听到身后响起哄笑，我气恼地捏着要滑下的衣袖。透过窗户,看到高老师已开始一字一顿、从容不迫地讲课。

自此后,高老师的课堂安静多了。我也有所收敛。

转眼,时间已经过去半年。一天,下课时,高老师说,顾林,你把讲台上的作业本拿到我办公室。高老师办公室里还有两位老师。我要走,高老师说,你等会儿。直到上课铃响起,另两位老师去上课,高老师才把办公室反锁,开始对我审问。

高老师说,你告诉我,为什么拿汪浩的钱?

我说,我没拿。

高老师说,拿没拿钱已是板上钉钉的事,你不用再辩。你不说为什么拿,我会在班会宣布,是你偷了汪浩的钱,到时你在全校大会上做检讨,处分你。

我不屑地说,你空口无凭,凭想象瞎说。

高老师问,你动过汪浩的钱包没有?

我说,我摸都没有摸过。

高老师拉开抽屉,拎出一个透明的塑料袋,袋底躺着一个褐色木纹钱包。老师说,这上面有你的指纹,如果你要证据,拿到公安局一验就知。

我慌了,耷拉下眼皮,低下头。

高老师说,你把钱还了。

我说,钱用掉了。等有钱我还上。现在没钱。

为什么拿钱?高老师盯着我的眼睛,目光异常凌厉。

我沉默。决绝地说,我退学好了。我万念俱灰。我的成绩在市一高处于中上等水平,我憧憬着美好的未来,我父亲对我满怀期望,现在一切都将化为乌有。

出乎意料,高老师替我还了五百元。高老师竟说,他不会告诉第二人这钱是谁拿的。但我必须写下保证书,努力学习,决不再犯,如果再犯,一切后果自负。等大学毕业后工作时,用第一个月工资还。

老师说"一切后果自负"时把桌子敲得梆梆响,像警钟,时时在我心头撞击,让我不敢懈怠。

我已工作十年,还钱的事却一拖再拖。

回到故乡小城,我宴请高老师和我昔日的同窗。席散,我送高老师回家。我提起欠高老师的钱,高老师眯起眼咧开嘴,眉宇间腾起自豪。我说,那时你一直问我原因,我偏不说。真倔啊。

高老师笑说,你现在仍可以不说。

下车时,我把一个装钱的红包塞进高老师的衣袋,然后返城。车行驶在高速路上。针尖儿似的雨还在下个不停,弄得我心里湿漉漉的。我又想起那条新闻里十四岁男生和他母亲痛不欲生的表情。

我活得很好,可那个十四岁的生命却永远回不来了。只因我运气好遇到高老师,他运气不好遇到矮老师。

墨　渍

苏昕,椭圆脸,长头发,皮肤白净,眼睛里总像蒙一层雾气,不大爱笑。苏昕不喜欢热闹,喜欢安静地待着,看画,想画,画画。画总能使她内心安宁。

十七岁时,苏昕去北京考试,爸爸不放心,陪她一起去。那时,她很快乐,挽着爸爸的胳膊,边环视北京城的大气魄,边灿烂地笑。她想上中央美院。那一年,她的艺术成绩距分数线只差五分。

苏昕选择了复读。复读班,每一双眼睛里都有灼灼逼人的气势,苏昕排除杂念埋头苦学。十八岁,苏昕说服想陪她考试的爸爸妈妈,背上她最喜欢的大背包,独自出发,再赴北京。地铁站人声嘈杂,正如苏昕嘈杂的心情。这一年,苏昕的专业成绩超过分数线十五分,遗憾的是,苏昕的文化课成绩还差十一分。

苏昕的内心产生激烈的斗争,最终她选择再次复读。又是一年苦读。这一年冬天,苏昕穿着金色半长鸭绒袄,扎着马尾辫,走在长安街红彤彤的阳光里,胸有成竹,志在必得。

走进考场,看见考题,苏昕笑了。这题目触动了她,有灵性在头脑中涌动,她拿起画笔,饱蘸色彩,在雪白纸上一旦落笔,便开始了尽情挥洒。连监考老师都受到感染,站在她的画桌前,看了很久,不由微微颔首。考试结束时,她感觉自己像一朵白云,轻逸如飞。

这时意外发生了。一个穿半长袄的男生从她身边走过,左侧翘起的棉衣襟扫到桌上的墨水瓶,她看见墨瓶极其缓慢地倾倒,墨汁一毫米一毫米吞噬她有着明艳色彩的画作,直到画里洇出一个菠萝大的黑团。那一刻她脸色发绿,发出一声凄厉地惨叫,她将画笔重重地摔到画作上,空着双手疾步离开。

这是她青春里最灰暗的一笔,这灰暗无关努力,无关天赋,无关对错,墨汁的倾倒来得轻描淡写,却又沉重到足以砸碎她对梦想的全部信任与期望。

如今,苏昕是一家知名品牌的首席服装设计师,居住在繁华都市里,过着优雅而从容的生活。讲起这段经历,苏昕的眼睛里依然蒙上了一层不可捉摸的雾气。苏昕说,当年,尽管她已经尽了最大努力,尽管她已经发挥出她最好的实力,生活还是把她逼到了死角。当年感觉这死角不可逾越,现在看来,那不过是众多磕绊中的一个而已。

苏昕说,她后来看过著名作家周国平对职业好坏讲的三个条件:一,有强烈的兴趣,甚至到了不给钱也一定要干的程度;二,有明晰的意义感,确信自己的生命价值借此得到了实现;三,能够靠它养活自己。她说,当时的她符合了第一条和第二条,她在拼命做的就是让它符合第三条。尽管她走得磕磕绊绊,但她从未真正地放弃,最终还是走进了她的乐土。

苏昕感慨地说:很多看似不可逾越的障碍,并不如人们想象的那样坚不可摧,只要你一直向前走,那障碍就会由坚硬的石块渐渐化成轻薄的肥皂泡,不知道哪一天,它突然就破了。有时候,最绝望的时候,也是你离期望最近的时候。

因为洞口在那里

下井前他扔掉手里就要烫到手指的烟头,前脚掌晃动着踩死了那朵火星儿,心里照例有些怕。还能上来吗?每次下井都有这念头儿一闪而过。

他是某省一个小煤矿的年轻矿工,他很珍惜这个工作,有人觉得井下苦累脏,他却不觉得,能有地方肯买他的力气已让他很满足,并对未来充满希望。

走进巷道就全靠头上那盏灯了,他管矿灯叫眼,"嗨,你的眼歪了弄正点",或者说"你的眼是照煤的,我长得再好也不能老照我",然后就响起嘿嘿嘿的笑声。

他弯着腰向煤车上装煤,煤尘飞起来荡得他手上脸上全是黑,出的热汗把煤尘搅拌了,左涂一片右涂一片,上涂一片下涂一片,像是不均匀的黑油彩,鼻子是黑的,鼻孔里也是黑的。他头也不抬地对同伴黑子说,煤样子丑点但闻着还挺香呢。黑子是他给同伴起的绰号,他一叫黑子,黑子就嘿嘿笑两声,紧接着说,看你白得很,白得躺在煤堆上就找不着了。

黑子和他一块下井快一年了,他和黑子是朋友。该出井了,矿工们陆续向外走,等他和黑子摆放好工具时已经落在了后边,这时他看到了奇异的事情,他前面的巷顶轰然塌陷,他听到黑子刺耳的尖叫,他看见黑子抱着头蹲在地上,他已做出跑的姿势,却拿不准跑的方向,向里,向外,仿佛都行不通。

也只是那么轰隆一下,立即把他们推进窘境,出井的巷道没有了。黑子说:"完了,我们出不去了。"他说:"太走运了,我们还活着。"黑子哭着说:"怎么办?"他沉默了一会儿,抬手把矿灯照着黑子的脸说:"不要哭了,我们要留着体力寻找活路。"

他们蹲在地上不敢乱动,仿佛一动他们头上的顶和脚下的地就会把他们夹成一张肉饼,黑子喉头滚动着,极力压下吼叫和哭喊的冲动,浑身因此瑟瑟发抖。他也在发抖,他说:"你还能认清洞口的方向吗?"黑子说:"能,这就是洞口,我们每天都是从这里进这里出。"说这话时黑子的心里燃出一点火苗,从这里到洞口有二十几米的距离。他嘿嘿地笑,他对黑子说,大难不死必有后福。

也不知道过了多久,洞里的尘土飞扬逐渐平息,巷道里的一切都归于平静,他轻手轻脚地站起来,蹑手蹑脚走向前走,用手轻轻碰碰堵塞物,渐渐加重力量碰,继而用手扒拉堵塞物,竟然没有异样的情况发生。

"我们挖个洞,朝着洞口。"他说。"再塌了怎么办?"黑子问。"再塌了有个高个顶着,你怕个啥?"黑子看着比自己高出半头的他失声而笑。

洞里有铁锹,有锄头,他们开始挖洞,每挖一锹都有不可预料的危险,可他们已经别无选择。他们多想拥有鼬鼠的本领,能快速地从地下冒出去。挖不动了,他们躺在地上,关掉矿灯。他们担心着矿灯的电会用尽呢!热汗散尽凉气袭上来,他们索性拥抱成一团彼此取暖,平时被他们忽略的阴冷潮湿,甚至还有难闻的霉味,都一股脑地涌过来,侵袭着他们每一寸肌肤和他们装着黑煤灰的鼻孔。

"你说他们会救我们吗?"黑子问。"会!他们肯定正从外边向里挖着呢!我们挖不动了只有歇着,他们挖不动了还可以换着班挖。"他说。"他们怎么不使用机械,我使劲听也听不到机械的声音。"黑子不满地说。"用机械多危险,他们也估摸着不会瞎弄的。"他说。他们心里打着鼓,到底还是睡着了。

他们并没有睡得很稳,只是躺着、挣扎着、半眯着眼恢复体力,万一睡死了,再睁开眼谁知道看见的是人还是鬼?醒过来先是他的肚子咕噜噜乱叫,然后是黑子的肚子叫,这声音真让人难堪,没有任何东西可以让这声音停歇。他站起来说开工,黑子也恶狠狠地说开工。他们从废墟里挖出支杆,支好洞顶,他们用他们所能想到的一切支撑着并缩短着他们和洞口的距离。

黑子终于忍不住说:"渴死了,喉咙都能把烟点着了。"他说:"想想有什么可喝的。"黑子没好气地说:"能有什么喝的?只有尿！""对！"他一脸虔诚地说："现在只剩下这救命的水了。"黑子很快就接受了这个事实，无论什么水都行，只要能让他喉咙降降温。他们小心翼翼地喝掉对方的尿，他们竟然觉得那也怪好喝呢！

四天之后他们从洞口爬出来，他们的体力非常虚弱，但是各项生命体征都还有。家人告诉他们，他们才知道，外边的救援工作已经停止两天了，因为救援的危险性，也因为专家分析他们已经没有生还的可能。

有人问他为什么能创造这个奇迹？他看着医院的天花板皱着眉头想，然后他笑了，他说，因为洞口在那里，我们又没有别的选择，只有朝着洞口走，结果就真的出来了。

人生难免陷入困境，重要的是要找到你想要到达的洞口，然后不遗余力地向前走，直到走到看见鲜花烂漫。

女孩的爱情

院墙边的桃花散发芬芳，月光照着桃枝墙头与姑娘慌乱的眼神。女孩登着桃树杈攀上墙头，拨拉挡住眼睛的发梢别至耳后。母亲发觉了吗？父亲是否正披衣起床推门追来？女孩更慌更乱，还未做好跳跃准备，单脚踏空，凄厉惨叫着滚落于墙外坚硬的石头地上。

白天父母赶走远道而来首次拜访的男友，女孩趁夜逃出去追，却住进"白色天使出没"的医院。

病床上，闻着苏打水的味道，昏昏沉沉，沉沉昏昏。睁开眼睛看到男孩提个暖水壶走进来望着她，背后穿透窗格的亮白阳光，给男孩镀上一圈梦幻般的金色光晕，女孩内心缓缓流入温暖、爱、自由，恍若噩梦醒来，天亮了。

出院时，男孩执意带女孩去他打工的城市，女孩父母不再反对，女孩却有些忧伤。女孩坐在车窗前，火车哐当哐当，逐渐加速驶过远处的树影与苍穹，女孩朝默然垂泪的父母挥手道别。

郊外一间简陋小屋，女孩很多时候，坐在蓝色油漆部分剥落的铁质床头的木板床上，她穿着干净明丽，头发梳得光滑。

每天清晨五点，闹钟准时惊起男孩。男孩打两个荷包蛋端给女孩。男孩要出去挣钱，他们的早餐不得不比别人早些。男孩中午回不来，就做好拌着青菜炒蛋或青椒肉片的卤面或者炒米饭，有时炸些油馍和撒着芝麻的干饼。女孩最爱吃的男孩都学会了。

女孩从墙头摔下后截瘫，医生说坚持复健，一年后还可能站起来。攒了钱，男孩就自己带她做复健。

尽管每天多数时候只能看窗外黑色干裂的树干，以及偶尔一只啄木鸟啄食树干里的虫子，生活枯燥，女孩依然充满快乐和希望。她伏在男孩怀里说，瘫一年，换来在一起的幸福，值得。

男孩是玻璃店的杂工。工作一天回到家，就开始做晚饭。吃了晚饭，又坐在床尾按摩女孩的小腿和脚丫。有时他问，这里有感觉吗？她笑嘻嘻说快有了。有时候，男孩会讲些工作中的趣事，有的趣事让她开怀大笑，有的趣事让她沉默不语。

一次，男孩说，别看我瘦，在我们工友中，就数我力气最大。那天，我背着九十斤重的玻璃上十二楼，工友们背了几个小时，都走不动了，蹲在墙根下歇着，只有我，还有使不完的劲，一直不停，直到背完。

男孩嘿嘿地笑,揉搓着女孩的脚,女孩却哭了。一年过去了,还没站起来,小腿却开始萎缩。努力还有用吗?女孩忽然觉得成了废人,成了终生站不起来的累赘。女孩烦躁起来,挥手拍打男孩按在她脚上的双手说,你走开,没有用,好不了了。男孩不撒手,她就使劲抠、拧、打男孩的手臂、手背、手指。

一天,阴雨绵绵,直到傍晚时分女孩才打定主意,用一根绳子把脖子挂上窗棂,男孩回去时看到女孩手里的字条:我走了,别难过,时间久了你就淡忘了,这是我唯一能为你做的。

女孩奄奄一息。男孩送女孩至医院。女孩从死亡线上回来了。男孩对女孩说,相信我,即使你就这样了,我也永远和你在一起。女孩绷着嘴不说话。

女孩情绪依然低落,男孩不敢松懈,紧张地守在女孩旁边。女孩望着窗外黑色干裂的树干发三天呆。

女孩变了,简陋的小屋,女孩坐着轮椅自由来去,挥洒自如。做可口的饭菜,洗换洗衣裳,男孩回来,她张开双臂拥抱他,男孩给她按摩小腿和双脚,她和男孩聊她所想到的事。

那一天,女孩坐着轮椅,男孩推她去做复健。路过十字绣店,女孩看见精致的绣品,瞬间就爱上了。她买些巴掌大的绣件,绣好了拿到店里来。店主欣赏她的绣品,回收了她的绣品。她又买一米宽一米五长的绣件,绣成又被店主回收。店主和她说,只要你绣出绣品,我都回收。女孩又买回三米长三米宽的绣件……

复健回来的路上,车来车往,男孩推着女孩说笑着。女孩说,攒够钱,我们寻座小城开个十字绣店吧?我绣十字绣,你打理店铺,好不好?

男孩眉心一跳,开心地说,好主意。

如果只爱我对你的好

绿萝走进餐厅，果然看到红蓼。红蓼对面坐着周同。周同似笑非笑看着红蓼。红蓼看一眼周同，傻笑着低下头，又抬起头，看着周同说："同，我回来了，我，忘不了你。"刹那间，绿萝的身子不由地一颤，眼睛一闭，眼泪唰地就从睫毛跌落地板。

绿萝没有惊动他们，抹去腮上的泪痕，悄悄地退出餐厅。餐厅外面，有一棵繁茂的合欢花树。绿萝站在树下，发了一会儿呆。她看着餐厅的方向，恍恍惚惚，就像看一个遥远的梦。

红蓼是周同的前女友，他们分手，不是因为感情，只是迫于距离及父母的压力。红蓼离开周同时，周同很是消沉。绿萝就是在这之后，成为周同的女友。

他们初识在三年前的春天。绿萝手拿两本书，举在胸前，脚尖轮换踩着台阶，舞蹈一般跳跃着上楼。绿萝只觉手里的书猛一沉，书角结实地撞向前面的蓝 T 恤。"哎呀。"绿萝失声叫道。只见蓝 T 恤回眸，定睛，凝视绿萝的眼睛，明媚一笑，转回头，继续走他的路。绿萝就是被这一笑迷住，茶饭不思，神魂颠倒。

这就相识了。绿萝伺机接近周同，才知周同高她一届。周同有心爱的女友，绿萝心凉，自此，死了这条心。谁知道，一年后周同失恋。周同低迷的情绪，让绿萝很是心疼。

平日里，绿萝是个贪睡的丫头，不爱吃早饭，能在床上多赖一会儿就多赖一会儿。可是得知周同情绪坏到了极点，吃饭有一顿没一顿,绿萝突然变得积极起来。每天,很早起床,等在餐厅门口,买两份早餐,来到男生宿舍楼前,托周同的舍友将早餐捎给周同。今天包子明天饺子,天天变换着花样买给周同吃。

三个月后,周同突然微笑着对她说,我们俩处对象,好像也不错。绿萝的心一下子飘起来,似乎整个人变得很轻,轻同羽毛,终被祥云托起。

学校在西安,毕业后,周同在西安找到一份不错的工作。现在绿萝也快毕业了。绿萝正在西安的人才市场奔波,寻找工作机会。周同闲时,也会陪着绿萝一起,投送简历,面试。

七天前,他们投送完简历,已近中午,拐进路边的一个餐馆,吃陕西的裤带面。周同先吃完,看着绿萝吃。周同突然说:"绿萝,要不,听你妈的,回你家乡吧。找一份工作,陪在你爸妈身边。"绿萝奇怪地看着周同,问:"为什么这样说?你烦我了,撵我走?"周同朝她神秘地眨眨眼说道:"不是。听我的,没错。"

绿萝不听他的。绿萝很不开心,并且她怕。她常想,周同爱她什么呢?也许他仅是爱她对他的好。如果她回到家乡,又有漂亮女孩拼命对他好,那他还会喜欢她吗?想到这些时,绿萝的泪总是不自觉地顺着脸颊向下流。

一周前的夜里,闺密约她散步。闺密告诉她,深夜,碰到周同送红蓼回家。他们好像喝了酒,红蓼好像喝醉了,周同扶着她,上了一辆红色的出租车。出租车门关上的一瞬间,她看到红蓼倒在周同身上。绿萝说:"不信。红蓼在另一座城市呢。"闺密说:"红蓼回来了。在西安找了工作。"像是埋在心底的一颗地雷,在那一刻,突然爆炸,尖锐的地雷碎片四散,扎满绿萝的心房心室。绿萝停下脚步,扶住眼前的树干,是棵合欢树,一阵风过,合欢花在树叶间欢快地飘摇。

依然站在餐厅外面。绿萝思绪难平。她想不明白,她简单直接得像张白纸,优秀的周同会爱她什么？如果爱的只是她对他的好,那么在一起,有什么意思呢？不是真的爱,即使在手心里攥得再紧,终有一天,会从指缝间滑脱。现在,这一天,还是到来了。绿萝赌气,既然如此,不如成全算了。

绿萝擦了擦面颊和眼睑,张了张眼睛,稳了稳情绪,走进餐厅。离周同和红蓼的座位越近,心越疼、越紧。她只想立即对周同说:我们分手吧。祝你们幸福。然后,毫不迟疑地转身离开。

红蓼与周同相对而坐。绿萝认识红蓼,红蓼不认识绿萝。绿萝走到周同背后,她听到周同说:"是你选择离开我,我才遇到了我的另一半。我们曾经的美好已经成为过去。如果是我让你误会了,那对不起,我的心里已经只有绿萝。"红蓼很生气,她不服气地说:"可是你说,绿萝准备回她家乡,你们还有可能吗？"周同脸上浮现一缕不易觉察的发自肺腑的笑,他说:"是。是让绿萝先回。我的工作还需要半年才能结个尾,半年后,我就去找绿萝,在绿萝的家乡工作。"

绿萝想退出去,想了想,她没有退。她拍一下周同的肩膀说:"嗨,我来晚了。"她转向红蓼说:"你是红蓼吧？我是绿萝。你好！"

系列三篇之一:约会

我得到邀约时,正电闪雷鸣,暴雨如注。

窗外,风刮得树枝东倒西歪。急雨射在玻璃窗上,溪水一样地潺潺流淌。

姐姐出门时还未下雨。她说去书店看一看,看上次预订的书到了没有。姐姐的手机响时,我发现它正躺在桌子上充电。谁来的短信?我猜是姐姐的男朋友莫之谦。

点开,果然是莫之谦。莫之谦问姐姐愿不愿意和他的爸妈见一面。我回复说,愿意。我和莫之谦约在今天。莫之谦说今天爸妈倒是都有空闲,就是雨,下得挺大的。我说,夏天的阵雨,还不是说来就来,说走就走。莫之谦欢喜地说,那就这样定了。

我得意地冷笑。莫之谦怎么也不会想到,回短信的人是我,不是姐姐。我照了照墙上的镜子,镜子里的人和姐姐一模一样。我和姐姐是双胞胎,不仅身高和容貌相同,连声音也非常酷似。我修长的手指灵巧地捣鼓一下,屏幕上的短信,立即从姐姐的手机上烟消云散。

暴雨说停就停。雨后的空气湿润清新。我穿上和姐姐一样的衣服,梳成和姐姐一样的发型。见到莫之谦,举手投足模仿姐姐平时的神态,只轻轻微笑。莫之谦说,还以为你不会答应来呢,我太高兴了。莫之谦喜形于色。

餐桌上的菜肴很丰盛。我和莫之谦走到他父母面前,我弯下腰说,伯父好！伯母好！然后,我侧身含笑望一眼莫之谦。莫之谦高兴得嘴角翘起来,眉毛弯下来,露出一口雪白的牙齿。莫之谦父母招呼我们坐下。

寒暄过后,我拉开随身小包,拿出一盒香烟,从中抽出一根,故作熟练地噙于唇间。然后打开火机,将火苗凑上去。我轻吸一口,缓缓吐出一缕青烟。我的喉咙有些痒,想咳。我不露声色地端起茶水,轻啜几口,暗暗将那被烟呛起的不适压了下去。我看到莫之谦皱起了眉头。

桌下,莫之谦用脚轻轻碰了碰我的脚,我知道,他想让我把烟熄掉。我并不理会。莫之谦尴尬地向父母笑笑说,我和你们说过,小姬平时喜欢安静,学习也挺好,刚考上研究生。莫之谦的母亲"唔"了一声,厌恶地望了我一眼。莫之谦再次用脚碰了碰我的脚,这次比上次略重一些。我扭过头,看着莫之谦微笑说,来,我和你说句话。莫之谦将头凑过来,我在他脸上飞快地一啄,他的脸颊上立即印出一个鲜红的唇印。莫之谦惊疑不已,我却咯咯地笑个不停。莫之谦疑惑地问,难道你是妹妹？我说,你想我妹妹了？我妹在书店呢。我看到莫之谦的父母忽然站起身,语无伦次地说了些什么,气急败坏地拂袖而去。

晚上回家,我见姐姐正坐在床边安静地看书。我说,姐,用一下你的手机,我手机没电了。我拿着姐姐的手机回到自己的房间,给莫之谦发短信。我说,咱们分手吧。莫之谦立即打来电话,问我为什么？我说不为什么,你永远不要再和我联系了。等莫之谦沉默下来,不再言语,我将短信与通话内容删除,将手机还给姐姐。

第三天夜晚,姐姐来到我的房间。又下雨了,只是这次的雨没有闪电,没有雷鸣,轻轻滴落在玻璃窗上,汇成条条雨线,像一张泪流满面的脸。

姐姐问，你为什么那样做？我看着窗户上缓缓流下的雨水说，你知道为什么。姐姐抿了抿嘴唇欲言又止。沉默片刻，姐姐提来茶壶，倒了两杯茶。姐姐将一杯茶放到我的手边。我不耐烦地推到一边去，随手拿起桌子上的一本杂志，将它翻得哗啦啦地响。

过了一分钟或者更长时间，姐姐问，你是不是也喜欢莫之谦？我扭过头去，说别再问我，你知道我为什么这样做。

姐姐说，你假扮我去见了莫之谦的父母，我没有在莫之谦面前拆穿你。我只和他说，我俩不合适。

我冷笑，你不是说过，和莫之谦在一起，感觉非常好吗？

姐姐说，其实，我们认识的时间并不久，我们彼此也不够了解。

我再次冷笑。

姐姐说，妹，你若喜欢莫之谦，就去找他吧！

系列三篇之二：十七岁的那场大雪

我在乡下奶奶家生活了五年，才回到爸爸妈妈身边，而大我三分钟的姐姐从一出生起就生活在爸爸妈妈身边。妈妈总批评我这也不好那也不好，总是对我说，你看你姐姐多优秀，你看看你净给我惹事。

所以，十七岁那年，遇见莫之谦时，那种忽然从天而降，心有灵犀，亲密无间的感觉，令我无比迷恋。

那个周末，我们一起做完功课，我说，我渴了，他说，喝杯奶茶？我说，不，我想吃冰激凌。他说，我也想吃冰激凌。我们望着彼此一起大笑。

我们从冰激凌店走出来，一人手里拿杯冰激凌。我咬一小口，凉、甜、滑，我侧目看他，他的冰激凌上缺了一大口。我的心里顿时美滋滋的。

下雪了？他望着我头顶的天空，惊喜地说。我仰起头，看见洁白的雪花纷纷扬扬，渐渐将天与地之间的空间填满。就着雪花，吃完了冰激凌，我俩手牵手在雪花中漫步，走了很久，我的手在他的手中渐渐变得温暖。不知何时，路灯亮了。昏黄的路灯照耀着塔松上的一层雪白，雪夜朦胧而摇曳，我的王子就在我的身边。我以为，幸福可以如童话般永生永世持续下去。

第二天，他没有像往常一样等我一起上学，晚上放学也没有像往常一样送我回家。他忽然对我冷冷的，就像不认识一样。我不知道我做错了什么，使他突然变成这样。而我刚刚感受到的那种绚丽的温暖突然离我而去，世界冰凉，只留给我曾经让我心悸的回忆。

放学了，我站在教室外走廊上等他，他走近我了，却无视我的存在。我刚要开口叫他，他已越过我，飞跑着追上一名男生，说，等着我，一块儿走。我站在他们身后，看着他的背影，看着他穿着那双我喜欢的旅游鞋一步一步向前移动，怅然若失。

后来，我反复回忆，我希望从小小的细节中，找出他离我而去的原因。终于，我忆起，在下雪前的一个夜晚，我和他手牵手回家时，姐姐看到了我们。在另一所学校读高三的姐姐很快将头扭向一边，好像并没有看到我的样子。我对姐姐毫无防备，我甚至相信姐姐会替我保守这个秘密。可是,结果证明,我错了。他和我那么要好,突然毫无征兆地离我而去。感觉告诉我,喜欢我的他,不会无缘无故忽然发生翻天覆地的变化。一定有人从中作梗。原因应该在姐姐身上,姐姐肯定找了他,让他离开我。我很想他,可面对他的冷漠,我也有我的自尊与骄傲。

后来,他考进了他想去的大学,而我没有,我被另一所大学录取。从此我们天各一方。我期望他和我联系,可是没有。我再也没有见过他。我仍然常常回忆起,十七岁那年的那场大雪,以及大雪里,像大雪一样纯美洁白的一场悸动。

现在,我在房间里独坐时,偶尔的,我仍然会翻看那时记下的日记,回忆那美好的点点滴滴,他怎么样了? 他活得好吗? 我不知道。他始终没有再联系我,那说明,在他心中,我并不重要。尽管这很疼,我也不联系他,当对方已经没有了期待,我愿意放手,让他寻找他想要的幸福。

姐姐恋爱了。那个男生叫莫之谦,能看出来,姐姐很喜欢他。

在一个电闪雷鸣的天气里,姐的手机忘家里了,莫之谦发来短信,邀请姐姐和他的父母见面。我假扮姐姐赴约,我以我能想出的最坏的形象在他父母面前出现。然后,我提出和他分手。

姐姐在拖地,我在擦桌子。姐姐问我,是不是也喜欢莫之谦。我忽然加快了频率,将桌布在桌子上快速移动。我觉得她真是可笑。当年,她拆散了我们。让我陷入冰窖多年。难道,这一切她都觉得那么理所当然。

姐姐拖地拖至我的脚边,她停下来,告诉我接近莫之谦的方法。我将桌布摔在桌上,望着桌子发愣。我瞪视着姐姐说,莫之谦没你想得那么好,那么招所有人喜欢。我那么做,只是因为你喜欢的人是他。只是因为,当年,你先拆散了我们。

姐姐惊愕地望着我,说我不明白你说的是什么?

我停止擦桌子,我回到了我的房间。我不愿想我做的是对还是错,我只是想到,我要把当年姐姐对我所做的,如数还给她。

系列三篇之三:纸上的百合花

二十二岁的我,平生第一次走进花店。烂漫的鲜花丛里,我挑选一束洁白的百合花。

我很忐忑,我的女孩,绝不会想到吧?我要寻找她。五年前,在我们最要好的时候,我离开她,并且,没有一句解释。

春天刚刚来临,一对春燕衔了春泥,从我的头顶掠过,我捧着刚买的百合花,走在人行道上,我吹一声悠扬的口哨,和它们招呼。我欣喜地发现,它们在刚刚发芽的树杈间做窝。

在寻找我的女孩的路上,微风吹拂,百合的花蕊,在我鼻翼下荡漾。我的女孩,还会接受我吗?她还会像当初喜欢我那样喜欢我吗?

我将百合花捧至女孩面前,女孩面无表情。我隔着花儿看她。五年前,她说如果有人送她一束百合花,那将让她十分开心。那一年,我才十七岁。为了她的心愿,我画坏了无数张画纸,终于画出一束美丽的盛开的百合。我送给她时,我看到她的眼睛,像神话一样迷人。

女孩冷漠地看着百合花在我手中颤动。今天,从我看到她的第一眼起,她就这么一幅表情。我一点也不怪她这样。此刻,我才意识到,分开五年了,再热的一颗心,也已经凉了吧?

我说,那个冬天的夜晚,我们牵着手赏雪,玩到很晚。我送你回家,在你家不远处的那棵梅花树下,我抱着你时,你将脸蛋歪上我脖颈。那样的感觉令我终生难忘。我看着你走进你家的楼门。然后,你不知道发生了什么。

我的手已经有些发酸,她依然没有一点收下百合花的意思,我是不是应该撤回这束美丽的百合花。可我的双手一点也不听我的,依然将花举在她面前。

我继续说,雪地里,一个女人来到我身边,我看见她的头发上已经落了一层雪,显然,她在雪里已经站了很久。她说,她是你妈妈。记得当时,我叫声阿姨。我想,你妈妈一定看见我们,我有些不安。我想你妈肯定要向我发火。

阿姨只是叹了口气,说,如果你真的喜欢我女儿,等你考上大学,等你有了一份稳定的工作再来找她。阿姨还说了很多。我答应了阿姨。那一夜,我一个人在雪中走了很久。我们都在读高三,我也担心,我们再这样贪玩下去,未来我们都会后悔。我决定暂时离开你。我了解你,在你妈妈面前,你有些叛逆,如果我和你实话实说,你决不会罢休。我唯一的办法,就是迅速地离开你,一言不发。

百合花那边的你冷冷地说,你想过我的感受吗?

我说,五年来,我没有再喜欢过别的女孩,我的心里只有你一个。现在我已经有了一份稳定的工作。我已经达到了你妈妈的要求。你还愿意接受我吗?

女孩问,你是说,是我妈找的你,不是我的姐姐?

我说,是你妈妈找的。

女孩说,你知道你当年突然离开,导致我做了什么?

女孩沉默了一会儿，继续说，我的大我三分钟的姐姐，喜欢上一个男孩。我和姐姐长得一模一样，所以，我化妆成姐姐的样子，去和男孩的父母见面。我用最坏的表现，让男孩的父母对我反感，然后，我用姐姐的手机给男孩发短信让他们分手。你知道，我为什么要这么做？

我说，为什么？

女孩说，因为，我以为是姐姐找了你，让你离开我。

我说，姐姐是来找过我。不过不是五年前，而是三天前。不知道姐姐怎么找到我工作的地方。姐姐问我有没有女朋友，问我还记不记得你？

女孩突然伸出手，接过百合花。抱在胸前。我看见她冷漠的表情里闪出一丝丝羞涩的笑容。我仿佛又看见了十七岁那年的她。

后来，我随她回家。在她的房间，她拉开一个上锁的抽屉，我看见，里面只有一张纸，我捧出那张纸，看见纸上那束百合花，它依然静静地绽放，一如当初那般美丽。

女孩说，你愿意和我一起，去向姐姐的男友还有他的父母道歉吗？

我说，当然，我愿意。

一场说走就走的旅行

来上海已经三年了，安易峰有一份不错的工作，月工资一万一千元。一天，安易峰突然辞去高薪工作，离开漂亮又有才干的女友李丽颖。他给单位留下一封辞职信，而给李丽颖留下一张便利贴，上面写道，世界那么大，我想去看看。如果半年之后我不回来，你就不用等我了。

11 月，安易峰站在哈巴雪山之巅，青石，白雪，远处是正在攀登的队友。因为远，看起来小小的，又因为都穿很厚的登山服，看起来犹如画纸上的几只甲壳虫。安易峰也穿着厚厚的棉衣，戴着厚厚的手套。他想给李丽颖发个短信，可是手机却没有信号。终于到了有信号的地方，他给她发短信说，我攀上了哈巴雪山。然后把站在哈巴雪山的照片也发送过去。

安易峰等待着，期待李丽颖的消息。可是，一周过去了，仍没有回音，就像之前五个月他每到一个地方都发给她的短信一样，渺无音讯。

很快，约定的半年时间过去了，李丽颖依然没有回他一个字。看来她也认识到了，他们两个人的价值观似乎出现分歧，她一直专注于升职，赚钱，在上海买房买车这些事物之中，可是，这些在他的眼里，就像是一道道枷锁。他总是向往一场说走就走的旅行，向往一种自由翱翔、没有拘束的生活。

是李丽颖的一个行为让安易峰迅速做出决定的。她给他介绍了一个新工作，职位好，薪资高。她逼他去面试，是的，他知道自己恰巧符合了这个职位的所有条件，招聘者又是她的一位朋友，所以，他若应聘，如探囊取物一般简单。可是，他觉得他是男人，他不想谁来安排他，特别是她的女友。安易峰觉得，是时候离开了。就在应聘之前，他离开了公司，也离开了女友。

安易峰一边打工，一边过着他的驴友生活。一年之后，他到了丽江，他迷恋丽江那种悠闲淡雅的生活气息，在一个小店里，他做了前台。他的工资很低，只有九百元一个月，可他很满足。他的老板也是他的驴友，他们有时一块儿去旅行，有时，他们又各走各的。旅行时间不定，半个月，一个月，两个月，都可，他完全可以自由支配。

安易峰骑自行车去拉萨的途中，遇到一位女孩，这位女孩和他一样向往这样自由自在的生活。她是一位自由撰稿人，旅行途中，她将她的见闻写下来，寄出去，她的稿费也不高，可是足以支撑她过这样的生活。

骑行途中，他们停下来休息，女孩问他可有什么梦想。他想了想，说，在丽江开一家茶馆，继续过这种在路上行走的生活。

女孩说，我也喜欢丽江，我也喜欢永远行走在路上。我梦想找一个美丽的小镇开一家小旅馆。

那一刻，两个人都心无芥蒂地笑了。有一阵风吹来，吹到树枝间，发出哗啦啦的声音。女孩说，你听，风也笑了。

从安易峰离开李丽颖算起，已经三年了。李丽颖突然出现在丽江他开的茶馆里。她先去美发店收拾了头发。她的黑发特别亮，从两侧垂在前胸，她的刘海很齐，她睁大眼时，刘海正好在眼睑之上，黑亮的秀发包围着她白皙秀气的瓜子脸。

安易峰给她沏了一壶茶，说，渴了吧，喝杯茶。李丽颖问，三年前,为什么,你突然离开我?安易峰说,我就想过一种没有拘束的生活。你可以吗?她不说话了。她一小口一小口喝下一杯热茶。李丽颖说,我可以。安易峰笑了说,你想要的生活和我的不一样。你受不了这样的日子。她说,你可以容我慢慢调整啊。安易峰说,可是,半年,你都没有回我一条短信。她说,那时候,我在生你的气。虽然生气,但我相信你一定还会回来。可是,你让我找了你这么久。

这时一位黑黑的女孩,背上背着旅行包飞跑至店内。女孩欢笑着,一路叫着,哥呀,哥哥呀,我回了。安易峰站起来,她扑到他面前捧着他的脸叫,我回来了,想我了吧?然后,她松开他。这时,女孩才注意到李丽颖。李丽颖问,她是谁?他无语。

女孩快乐地笑着说,他是这儿的老板,我是这儿的老板娘啊。

夜的眼

春天,黄昏时分,黄子龙与蕊蕊到达周庄。他们手牵手奔跑上小石桥。华灯初上,周庄如宝石般,蓝得竟然如此霸道彻底。一瞬间,黄子龙身体微微颤抖,恍若遇见涤净的灵魂,难以自持。

穿小桥,过小巷,看草鞋,提草编筐,摸古建筑。

夜色渐浓,顺着河边静谧的青石路行走。远处,一小片天空一跳一跳地闪。蕊蕊兴奋地喊,子龙,看,燃烧的篝火!听,还有音乐。一起奔跑,朝向篝火的方向。黄子龙怦然心动,蕊蕊,我们留在周庄,可好?蕊蕊说,好,多留几天。

　　黄子龙脚步慢下。蕊蕊回头调皮地招呼，快呀。黄子龙没追赶，心事重重。蕊蕊奇怪，停下脚步，眼神询问黄子龙。黄子龙说，咱在周庄安家吧？蕊蕊笑，开什么玩笑？黄子龙眼神悠远，说，一直，我在寻觅一个安身的地方，如今，终于遇见。我们开个咖啡馆，相守周庄，安然、幸福过一辈子。

　　五年前，他们大学毕业，都在北京找到工作。蕊蕊在一家公司一直做了五年，高节奏、高压力的工作环境，渐渐如鱼得水。蕊蕊喜欢公司的同事，公司的事务，以及靠能力获取的优厚待遇。黄子龙却不，工作一年两年，就要辞了工作，骑辆赛车就上路，多数时候，独自游览大好河山。

　　蕊蕊并不反对，并且相信，年轻人天性好玩，何况黄子龙那么优秀，有活力，等他走够了，自然会停下。现在，他果真想停下，想过安定的生活，可是，他选择了周庄。住了五天，共同领略方方面面的美，可终究，她不舍，她憧憬的未来，在北京。

　　分手。失落，却不悔。

　　黄子龙独自留在周庄，在小桥旁，小河边，租门面，新的咖啡店开业了。日日，咖啡的香气在他鼻翼间一点点地浸润蔓延，和着周庄宜人的气息在他的灵魂里一起氤氲。

　　已是秋末，夜，周庄，男人、女人们围着篝火，或笨拙或灵动地舞蹈。黄子龙坐在一边。火光在他的脸上明灭闪烁。一阵欢快的笑声传来，牵去黄子龙的视线。只见一对情侣对面而站，眼睛凝望着眼睛，双手举过头顶，身子像蛇一样自上而下扭动。两人的欢乐和着篝火在空气里流动。黄子龙孤身一人，黯然神伤。

　　一年光景过去了，黄子龙的气色越来越好，淡淡的忧郁也离他而去，他的咖啡馆早已风生水起。终日沐浴着周庄宜人的气息，黄子龙更加坚定，古朴的周庄就是他曾动荡不安的灵魂的栖息之地,古朴的周庄让他内心安宁。

黄昏时分,黄子龙走出咖啡馆,在小镇上散步。天并未黑透,房屋挑起的檐角上挂着的红灯笼已经亮起,自东向西,一排红灯笼在微风中、在小河蒸腾的水汽里摇曳生姿。

突然,身旁多出个背着包裹扎着马尾的女孩。女孩长长叹口气。黄子龙问,周庄的夜让你失望了?女孩拉着长腔说,不——是。黄子龙问,周庄的夜不美吗?女孩拉着长腔说,不——是。黄子龙问,那为什么长叹?女孩说,我踏遍祖国的大好河山,一直在找这么一个地方,开间咖啡屋,安然、幸福地过一辈子。今天,我终于找到了。

黄子龙跟着女孩沿着小河继续向前走,周围渐渐静谧。女孩突然说,看,是燃烧的篝火吧?听,还有音乐。黄子龙便和女孩一起向着篝火的方向跑。一边跑,黄子龙一边问,你怎么一个人,男朋友没有一起来?女孩回眸一笑说,男朋友?还没有。

他的心恍惚起来,他最近常常做类似的梦,那这一次呢?是梦?不是梦?他想掐自己一把,却舍不得。

黄子龙心跳如鼓,远处,篝火灿烂,仿佛夜的眼。

阿婆情阿婆茶

阿坡,江苏昆山周庄人,在小桥流水里摆渡为生。

每日,阿坡携带一个大竹筒子,里面是娘给他带的茶水,站在船尾,手把船桨,摇呀摇。兴头上,阿坡会唱起好听的情歌儿,歌声在整条河上荡呀荡。口渴了，便喝口茶水，一仰脖，茶水就从喉结上咕噜噜滚下去。

小船，自河南渡到河北，再从河北渡到河南。河南边，一溜儿的青石碧瓦房舍人家，河北岸隔条小路，又是一溜儿的青石碧瓦房舍人家。

河南边住着一位贫寒人家的姑娘。姑娘坐在家中做针线活，房门开着，有时做累了，抬起头，正好会看到阿坡经过。阿坡戴着尖顶的竹笠，脸上挂着微微的汗珠，阿坡摇着船桨，壮实的身板随船桨一晃一晃。姑娘眼里就有了一抹笑意。

一天，夜色蒙蒙，姑娘房里亮着灯光，天上亮着圆圆的月亮。姑娘看见阿坡，阿坡正看向姑娘，四目相对，姑娘便低了头，红了脸庞，一针一线地缝母亲的冬袄，却惊慌失措，针扎破手指，也不作声，忍着痛，等阿坡的小船儿摇过了，才忙将带血滴的手指放在红唇上吸吮。

渐渐地，阿坡摇到姑娘房门前，便有意放慢速度。有时看房门开着，朝里看一眼，递上一声爽朗的笑，递上一句，忙着呢？姑娘便也对他莞尔一笑，清脆脆回一句，是呀。

一天，阿坡摇船到姑娘门前，说，晚上，我来接你，可好？姑娘抿嘴一笑，却不作声。阿坡不知姑娘是应下了还是没应下，心里只是突突地跳。

夜，安静中透着几分神秘。月光如洗，小桥里，流水，古雅的房舍，岸上的垂柳，甚至整个周庄都氤氲在月光里。周庄的夜，静谧温情，令人迷醉。

姑娘跳上阿坡的小船。

姑娘说，你尝尝，我做的小点心，还有，茶。

阿坡喝一口茶，吃一口点心，心摇神荡。

阿坡说,我托人去你家提亲,可好?

姑娘羞涩地低下头,说,嗯。

阿坡托人到姑娘家提亲,父母应下来,阿坡和姑娘结成幸福的小两口。

划船的阿坡极易口渴,姑娘便种了茶花,采了嫩芽,炒制成茶叶,存在家中,每日里,为阿坡烧了滚烫的茶水,泡了茶叶,放入阿坡的大竹筒里,搁在小船的一隅。阿坡摇船口渴了,喝一口甜滋滋的茶水,心窝里就暖烘烘的。

成亲半年后,阿坡到山坡上去砍柴,一不小心,滚落山坡,整个人磕到一块大石头上,昏迷了。后来,天下起大雨。天色渐晚,姑娘久不见阿坡回,心口又一直怦怦猛跳,她急急去找,见阿坡躺在雨地里,血把那一片土地都染红了。姑娘刺啦刺啦撕下两条粉色衣袖,细细地给阿坡包扎伤口。姑娘将阿坡背在背上,连拖带拉,弄回了家。

阿坡醒来后,身体便极其虚弱,下不了床。姑娘便接替阿坡,每日里去摇船,攒下钱便去给阿坡抓药吃。

病中,姑娘还给阿坡泡茶喝,可是制成的茶快喝完了。一天,阿坡皱着鼻子对姑娘说,喝腻了,真难喝。姑娘说,难喝?阿坡说,难喝。姑娘便不再抽空种茶,采茶,制茶。

后来阿坡能下地行走了,姑娘喜悦地陪阿坡去看大夫,大夫说,注意休养,千万莫劳累。日子久了或许便恢复了。姑娘特别高兴,每日里除了划船,就给阿坡洗衣做饭,上山劈柴。

能走动的阿坡便学着姑娘在附近种了一片茶树,采了嫩芽,做成茶叶,给姑娘泡了茶,带在船上。姑娘说,茶不是很难喝吗?阿坡便笑,说,好喝。姑娘说,真好喝?阿坡便说,真好喝。两个人便甜甜地笑到了一起。

阿坡要接过姑娘手里的船桨,姑娘抵死也不肯。姑娘说,你看你,稍微做点什么就感冒咳嗽发烧,你就听话,什么也别做。等你完全好了,再做。阿坡坚持,姑娘便伏在阿坡怀里哭,一直哭到阿坡应下。

阿坡看姑娘日渐消瘦,心疼不已,给姑娘做可口的饭菜不说,还偷偷去山坡上砍柴。姑娘发现了,又哭成泪人。阿坡说,我一大个老爷们,你什么也不让我干,就让你养着,你就不想想我心里会是什么样?姑娘说,你还病着,你怎么就不知道听话呢?

冬天快到了,阿坡又偷偷跑到山坡上,劈柴背回家,一趟又一趟。家里堆起高高的柴垛,阿坡却倒下了,这一倒,就再没有起来。

姑娘一个人过活。姑娘仍喜欢种茶,采茶,炒制茶叶,仍喜欢在茶香里回想摇着船儿的阿坡。后来,姑娘脸上堆起层层皱纹,成了阿婆。阿婆炒制了茶叶,就散给乡邻们,隔三岔五也会邀了乡邻来家里,摆上她精心烹制的点心,泡上茶水。

她说,来,喝杯阿坡茶。众乡邻看着她瘪了的嘴,白了的发,说,真好喝,阿婆茶。阿婆问,真好喝?乡邻们说,真好喝。阿婆的脸上就有幸福一圈一圈地漾开。

喝阿婆茶,成为周庄人的习惯。

直到今天,周庄人仍喜欢在夜色里,三五成群,聚在一起,品着阿婆情,喝着阿婆茶。

迟早的事

举着相机的云杉在植物园给嘉兰照相。镜头里,气质典雅的嘉兰裹着白色旗袍,两手做出眼镜的样子轻搭在发际上端,眼神如银河水波般潺潺流淌。云杉从镜头望向嘉兰,心中突如静水投入石块,怦然而动。相机咔嚓一响,永远记下令云杉心动的嘉兰的美丽一瞬。

碰巧,他俩同一天休假,云杉说想去植物园走走,嘉兰说,好啊,带上相机。是单反相机,也是他们最贵重的物品。云杉最喜摄影,嘉兰便和他一起攒钱,买下这台昂贵的相机。云杉喜欢照山、照水、照植物、照动物、照人物,照映入他眼中的一切世间的美。照得最多的当然是嘉兰。嘉兰那样青春靓丽秀美,不只是他眼中的美,即使和明星们在一起,也依然出类拔萃,光彩不减。

嘉兰最喜欢云杉给他照相,进入他的镜头感觉如同进入他的心里一样,让她感受到生活的无限甜蜜醇美。

相恋六年,同居两年。似乎到了一个难以突破的瓶颈。嘉兰暗示甚至明示过云杉多次,想要步入婚姻,云杉的表现呢?总是像只惊慌失措的小鹿,奔跑,逃离。

上一次,云杉和嘉兰在桌前吃晚饭,嘉兰吃着青葱拌豆腐,瞥见云杉搛了一筷子青椒炒肉丝,吃得很香的样子。嘉兰叫一声云杉,欲言又止。云杉说,嗯?嘉兰又搛一筷子豆腐,低头吃了一会儿,抬起头,颊上已经飞起红晕。嘉兰说,你喜欢男孩儿还是女孩？云杉停下咀嚼，警犬一样警觉地问，为什么问这个问题？嘉兰心一横，撒娇说，我想早点有我们的孩子嘛。云杉不说话，嘉兰追问说，你说呢？云杉说，我吃完了，今天我洗碗。云杉匆匆囫囵咽下一块青椒和几根肉丝，噎得咳了几声，冲入厨房。嘉兰的热切盼望再次落了空。

云杉之所以躲开，是要避免冲突，因为嘉兰最近总是猛然间就提起婚姻和孩子的话题。在云杉看来，结婚生子太过重大，不是他能承担得起的。房子是租的，车子票子更是没有，还有，他也给不了她一场像样的婚礼，婚后若要有了孩子，各种繁杂的家庭事务卷来，他们的爱情还会在？如果突然不在了，那么孩子怎么办？

云杉成长的过程中，对自己不知道说过多少次，等将来有了孩子，一定要让他（她）在有爱的家里幸福地成长，绝不会让他（她）像他一样，一出生就见不到爸妈，只跟着姥姥生活。他常想，我一出生就是个孙子，我只能做个孙子。可我的孩子，将来要做世界上最幸福的孩子。

嘉兰太合他心意了。太合心意的事物对云杉来说总是那样不切实际，他从不敢奢望拥有。因为，自小，每一次的心意哪怕是极小的奢望，最终都会化为一次沉重的打击。他心里渐渐明白，那些好的不是他的，不是他的，再美好，也与他没半毛钱关系。

能与嘉兰在一起，云杉深觉是个奇迹。但是，他能留住嘉兰一辈子吗？这是个天大的问题。

嘉兰坐在草地上歪着头弄头发，头发如瀑斜垂至旗袍勾勒出的妖娆的腰肢上。植物园里人并不多，眼前只有嘉兰和云杉。嘉兰说，昨天，我一个人哭了半夜。云杉眼看又要进入那个话题无法避免，不敢搭腔，沉默着摆弄镜头的不同角度。嘉兰说，我想了很久，你不愿和我结婚，也许，是因你没有那么爱我。云杉说，你说得不对，我爱你。嘉兰的万分委屈都化为愤怒，她说，你讨厌和我结婚，那能代表爱？

云杉急了，嘉兰也急了，俩人都越来越急。吵起来，越吵越凶。有几个游园的走了过来，听到两个人吵架，停下脚步，惊愕地观望。最终，嘉兰气嘟嘟地独自回了家，而云杉留在植物园里发呆。天黑时，云杉也回了家，他看见租住的房里，嘉兰的衣物都不见了。

云杉自嘲地苦笑一声，自言自语道，看来，我的看法是正确的。终究不能厮守一生。你要走，是迟早的事。

过　关

我忽然想到，我来北京，是个愚蠢的行为。我住女友家，在阿姨店里帮忙，是阿姨的决定。我知道，这是女友极力争取，让我好好表现的机会。我想，我一定可以靠诚心和努力打动阿姨，答应我们的婚事。半年之后的今天，阿姨却拎着我的耳朵把我打出店门外。

阿姨嫌弃我。尽管我一直讨好她。我放弃家乡小城名店店长的职务，千里迢迢来到北京，来阿姨的店里竭心尽力辛苦劳作。阿姨，一位对女友极其娇宠的母亲，每看到我，却眉头皱了，嘴唇抿紧了，眼神里尽是嫌弃，好像我不是一个身强力壮的小伙子，而是一个坏红薯，或是一根卡在喉咙让她吞咽不下，深恶痛绝的鱼刺。

　　我仔细思量过,我和女友的家乡都在贫穷的山沟。阿姨在把女儿接到北京之前,也许心里已种下种子,要在北京找位乘龙快婿。得知我的存在,破灭了阿姨对女儿未来婚姻的所有美好憧憬。所以,无论我如何表现,似乎都难以越过阿姨心头的那道槛。

　　我做过很多努力。每天早上五点十分,我定的闹钟把我从酣睡中叫醒。我蹬上人力三轮车出门送货,天上的星星和半个月亮照着,我把人力三轮车蹬得呼呼生风,将货物搬上车,蹬车回来,汗水浸透衣衫。白天,我到店里看店,尽我最大努力,以我曾做名店店长的底子,向客人推销货物。有时,晚上回到家里,看到阿姨没有做饭,我急忙去厨房做饭,吃过晚饭,看到卫生间里有脏衣服,我又忙把衣服洗了。

　　我吃饭时,阿姨骂我吃得太多;我洗衣服时,阿姨说,袜子必须手洗;因搬运货物和涮碗洗衣,我的手裂开了许多口子,女友心疼地给我贴创可贴,阿姨大骂我娇气。这样的日子,我已过了半年。那天我感冒,吃了点感冒药,不知怎么的,在店里打了个小盹,结果,阿姨拎着我的耳朵,把我揪到店门外示众。当着街坊四邻,阿姨骂我小白脸,好吃懒做,偷奸耍滑,白吃白住。

　　阿姨对我如此刁难,我可以接受。可是我的努力,得不到阿姨丝毫认可,我的信心被消磨殆尽。我爱女友,一定要娶她为妻。假如通不过阿姨这道关,得不到阿姨的祝福,她会伤心难过。可是,我已竭尽全力,面对阿姨,我已毫无办法。我收拾好行囊,不顾女友拦阻,离开她们家。我走至门口,一回头,想再看一眼女友,却看到阿姨的脸上笑开了花。

　　我独自行走在北京的大街上,心里充满着莫名的忧伤。不想离女友太远,我在一间地下室住下。每天清晨,四点多,我去进货。去得早，可供选择的小商品种类就多些。我在市场里摆小地摊儿，兜售我的小商品。有时卖得不好，我心里难过。有时卖得很好，会被同样摆小摊的合起伙来驱赶。我感觉就像海浪里一叶飘来飘去的小渔船，随时可能被肆虐的风与凶猛的浪打翻。

两年过去了，终于，我在北京开了个服装店。在服装店的海洋里，它极小极不起眼，可是，它却使我感觉不再是乘着风雨飘摇的小船。我仿佛在茫茫的海水里建起个小岛，虽然孤单，它的根却和大地紧紧地连接在一起。

那天，我女友来对我说，晚上到她家吃饭。我吃一惊，自从我离开她家，我们的恋情就转入地下，我们的交往必须远离阿姨的视线。

我说，你疯了？她说，是我妈让你去的。她帮我提前关上服装店的店门，替我挑选一套衣服让我换上。到她家门口，我停下，踌躇不前。她打开家门，示意我走进去。我认为她疯了，从前的日子历历在目，我觉得我一走进去，阿姨就会拎着我的耳朵，把我打出门外。

可是，我走进去的时候，却看到阿姨脸上挂着微笑。阿姨身上穿着做饭的围裙，对走进厨房的我温和地说，你去外边坐着吧，一会儿就做好了。我当然不能就去外边坐着，我给阿姨打起下手。

那天，阿姨做的饭很好吃，有好几个我爱吃的菜。阿姨说，你们都老大不小了，也该想想结婚的事了。我说，阿姨，你同意我们了？阿姨竟然给我夹个鸡块，阿姨说，当妈的，就是想给女儿找个可以依靠的人，而不是找个依靠我女儿才能生活的人。现在，我总算放心了。

真　爱

餐厅，一桌两椅，一男一女，对面而坐。男的叫芭蕉，女的叫樱桃。都是二十二岁。樱桃表情自在，体态轻盈。芭蕉故作轻松，靠在椅背上的身体姿势僵硬。他们是从小一起跳拉丁舞的舞伴，不做舞伴有一年了。

"半年之后，在X城有一个重要的拉丁舞比赛，"樱桃眼眸流转，察言观色，见芭蕉不动声色，樱桃有些许的不安，"我们一起，继续去夺奖吧？"

"还是……算了吧。"芭蕉声音干涩地说。

"这难道不是咱俩从小就有的梦想吗？"

"可是，不一样了。还是算了吧？"芭蕉咽下一口口水，依然声音干涩地说。

樱桃落寞地独自回了X城。

Y城。舞蹈教室飘荡拉丁舞曲，芭蕉的手机响了。芭蕉纠正了一位少年和少女的动作，少年手扶少女的柳腰，姿势优美地在舞室里飘起来。芭蕉一个美妙的旋转旋至舞室一角，他面对着一面墙的镜子把手机放至耳边。

"你知道这一年来，我听到音乐不跳舞是什么滋味吗？"听到樱桃的声音，芭蕉的身体立即僵硬起来，芭蕉听到樱桃的抽泣声。"樱桃樱桃，别哭别哭。"芭蕉乱了阵脚。

芭蕉辞去Y城舞蹈工作室的工作，来到X城，和樱桃一起成为某舞蹈俱乐部的舞蹈老师。当初,樱桃有了男朋友,决绝地离开他,离开他们的舞蹈。现在她又回归舞蹈,回归到芭蕉的身边,芭蕉的心重新燃烧起滔天的火苗。

舞蹈俱乐部,学舞的孩子们都走了,只有部分工作人员还在。舞蹈室里,只有芭蕉和樱桃。芭蕉穿着黑色舞衣,清新俊逸洒脱;樱桃身穿火红的舞衣,奔放妩媚风情。音乐声里,旋转,拉手,对视,扭胯,弯腰,奔放,爆发。恍若两只翩翩蝴蝶,在鲜花烂漫的山野无休无止地相顾、相依、相恋。

如此,已有五十六天,芭蕉与樱桃的默契越来越好,回到了从前,超越了从前,现在,樱桃愈发相信,拉丁舞的金奖离他们越来越近。芭蕉亦愈发相信,现在樱桃的心亦与自己愈来愈近。他们盼望得到这个金奖,俱乐部的老板也盼望他们得到这个金奖,毕竟这对俱乐部的声誉,是锦上添花的一笔。

时间飞逝,不知不觉,已经夜深。舞蹈中的芭蕉与樱桃双双旋转,樱桃神情专注与他对视,他却有一丝恍神,因为他看见凌霄站在门边,只露出半边脸半个身体。凌霄烦躁地深吸一口烟。

芭蕉心里一冷,环抱樱桃的手却更加用力。樱桃从芭蕉舞姿与眼神中觉出异样,她甚至没有向门口看一眼,立即停下来。对芭蕉说,今天,就练到这里吧。然后,她走向门口,对凌霄羞涩一笑。

晚上八点多,舞蹈俱乐部,樱桃与芭蕉一起跳舞。樱桃难以进入状态,不是搭错了肩就是踩了脚,"恰恰舞"中要求有眼神的交流,樱桃却总是躲着芭蕉的眼神。芭蕉问:"有心事?"樱桃说:"没有。"芭蕉心疼地说:"小傻瓜。骗得了我?"樱桃的泪就流下来。

"吵架了? 和凌霄?"

"分手了。"

芭蕉心里一紧，整颗心悬起来了："为什么分?"

"他让我选，选比赛，还是选他，选和你一起跳舞，还是选他。"

"你怎么选?"芭蕉问。

"我都要。他就闹分手。分手就分手。"樱桃脸上的泪唰唰地流，擦不及，手心手背全弄湿。

樱桃照常教舞蹈，照常练舞，该做什么就做什么。芭蕉留心观察着樱桃，芭蕉安慰着樱桃，樱桃身边的芭蕉喜了又忧，忧了又喜，喜了又忧。

半个月后，芭蕉辞去舞蹈俱乐部的工作，回到了 Y 城，他的舞蹈一级好，Y 城的舞蹈工作室欢迎他回来。回归之后的他，心绪渐渐归于平静。

那天，在舞蹈工作室，酣畅地舞过之后。首次接到樱桃的电话，樱桃问他："为什么不打招呼就离开?"他静静一笑，回答说："对不起，不能再陪你一起走。真爱是争不来的，对我来说，珍藏曾经的拥有，已经足够。"

闪　婚

女孩和一群朋友相约了去打台球，女孩喜欢台球，当她用球杆击打白球，白球撞击彩球，彩球骨碌碌滚进球洞时，会在她心里酿出极大的快乐。今晚，女孩就在台球室里，她身着一袭黑色紧身 T 恤,黑色紧身短裤,露出丰腴的双臂,白皙的长腿。女孩的长发束在头顶。女孩的表情沉郁,只专注在球上,很久都不笑一下。

女孩和男孩分手有两个月了,那个男孩,是她深爱的人,她觉得男孩也爱她,可是,爱的是不是和她一样多呢? 她在心里有些迷惑。感情到了一定程度,就忍不住想要朝夕相处,想要走进婚姻,想要拥有共同的未来。是她向他提起婚姻,他听到时的表情不是很期待、很开心、很神往的样子,而是有一些惊异,有一些诧异。女孩就感觉有一些失望。但女孩并没有表现出来,他到底还是没有拒绝啊,没有拒绝就是接受。

可是,接着,女孩的母亲向他提出,得有一套房子。他就显出郁郁寡欢的样子了。当她再次向他提起结婚的事,他就告诉她,没有房子,怎么结婚? 女孩听到这句话,就更失望了。对于结婚,他不积极主动便罢了,可是他连配合都不上心,她心里的热望就渐渐地凉了。一个她爱的男孩,不想和她结婚,就是不想和她拥有共同的未来。没有未来的爱情,她还坚持个什么劲儿?

女孩主动离开了男孩。男孩并未在意,她那样爱他,怎么会真正的离开呢? 只不过是说说而已,况且,她妈要他买一套房子,这让他很不愉快。两人暂时分开,冷静冷静也好。

于是,有一个月,两人都没有联络了。

这晚,一起打台球的还有一位男孩,个头很高,很帅,和她一样极爱打台球。男孩家境好,有套很大的房子位于市中心。也是很高傲的男孩,可是,这个晚上,就在她弯腰曲臂瞄准台球时,他站在她身边,对她说,嫁给我吧? 妞。嫁给你? 她扭头看他一会儿,笑,她说,三局两胜,若你能赢了球,就嫁你。她低头,出手,漂亮地一击,被击中的有着光泽的台球,打着旋儿滚进远远的球洞,就像一个完美的挑衅。

比赛开始,朋友们都停下,观战。第一局,女孩胜,第二局,男孩胜。第三局,比分咬得很紧,你追我赶,直到最后一杆,男孩才领了先,险胜。

男孩放下球杆,在她面前屈膝,男孩说,妞,嫁给我吧?这句话她盼了很久,却不是从她想听到的人口中说出,但,那一刻,她还是被这句话打动,流下流泪,她用指尖抹去泪迹。她说,好,你已胜了,我自然嫁你。

第二天,花了九元钱,他们领了证。半个月后,他们举行了隆重的婚礼。

这场婚姻,并未持续太久,不到三个月,他们再次走进婚姻登记处,花了九元钱,领取了离婚证。

这时,她恢复了单身,结婚时,她未通知他,离婚了,她给他发去一条短信,她说,我离婚了。

她刚结婚时,他便听说了,他很震惊,也很伤心,可是,她已是别人的新娘。别人的新娘,与他还能有什么关系。他们互相从对方的生活里消失了。可是现在,他接到了她的短信,他突然变得很快乐,不可抑制的快乐。只是四个字,"我离婚了",便让他辗转难眠,兴奋不已。

这样,没多久,他们就恢复了恋人关系,因为,她说,结婚后,她才发现,她爱的人依然是他,这个事实,让她无法改变。

他接受她,她很开心,可是,他仍不提结婚的事,久了,她再次提出结婚,他仍然十分犹豫。他说,我们分开才一个月,你就和别人结婚了,那你以后还会不会有相同的行为?她说,不会了,我最爱的人是你。尽管听她这样说了,可是,他还是很害怕。

这次她很坚定,无论他怎么质疑她,她都没有丝毫的退缩与逃避。

是不是和他结婚,她等待着他的裁定,在惴惴不安中等待着。

女孩的好友问她,你后悔不后悔闪婚闪离这段经历?女孩说,我不后悔,这是我的人生,我不这样经历了,怎么能这么深刻地体会到,我最应该紧紧抓住的是什么。

蜕

苏琪桐与苗含笑相爱了。他想让苗含笑成为世界上最幸福的女孩。苏琪桐带苗含笑去大牌专卖店买贵重的衣服、包包、手机。苗含笑瞪着一双单纯的眼睛说,我不要。穿那些,用那些,想想都别扭。

苏琪桐顶着著名理发师理出的帅气发型,从衣架上取下一套淡紫色的套裙,那淡紫色像初夏清晨海边初起的一笼轻烟般飘缈。苏琪桐说,试试这件?苗含笑盯着看了一会儿摆手说,我不要那样贵的衣服。他们从一家专卖店出来,又从另一家专卖店出来,苗含笑拒绝了苏琪桐挑选的所有衣服。苏琪桐慌乱地说,含笑,你是不是不喜欢我?苗含笑看一眼苏琪桐的眼睛,那眼神迷茫无助,令她突然十分心疼。她说,怎么会呢?我只是不想穿那么贵的衣服,那令我不自在。

他们在园林里游玩,在湖泊上划船,在电影院里看电影。苗含笑生日的时候,苏琪桐送她一个礼物。苗含笑打开粉色包装纸包裹的纸盒,那套像初夏清晨海边初起的一笼轻烟般飘缈的套裙,出现在苗含笑眼前。苏琪桐说,你不要想它的价钱好不好?

这是我的心意。我的心意,你要还是不要? 苗含笑穿上了那套衣服,袅袅婷婷,似一笼轻烟般飘缈。苏琪桐看着穿上他送的新衣的苗含笑,兴奋极了。

之后,苏琪桐就更加留意那些漂亮的女装,漂亮的包包,以及最新型的手机。他想把他能给的最好的都给她。

苗含笑与苏琪桐相依相伴,转眼相恋已四年。有一天,苗含笑说,为什么你的朋友不先替我付款了,我看上了那个名牌包包。你不知道,它配我新买的那套衣服,有多好看。苏琪桐的脸红了。苏琪桐说,朋友不借钱给你多正常啊。你的包包已经很多了,不要再买了。

从前,苏琪桐对她说,如果他不在身边时,她想买什么便可以就近让他朋友先把钱付了,然后,让他朋友直接找他还钱就是。可是一周前,他已告诉朋友,不要再那样做。

苗含笑非常自然地说,你给我买那个包包啊。苏琪桐说,我是一个刚大学毕业一年的学生,我还没有能力给你买那样贵的包包。

苗含笑愣住了,苗含笑看了苏琪桐很久,突然说,琪桐,你不爱我了吗?

苏琪桐说,含笑,你知道,那天夜里,医生给我爸下了病危通知书,如果父亲没了,公司就倒了,我们家,也会一无所有了。苗含笑说,你爸的病,不是误诊吗? 一切不都还是原来的样子吗? 苏琪桐说,不一样了。一夜之间,天翻地覆。

苗含笑生气地说,你总用这话当借口。我们已经生活在这样的平台,我才不要莫名其妙退回去。

苏琪桐没说话,却烦躁起来。电话响起,苏琪桐接了电话,然后对苗含笑说,我在一个公司的面试通过了,明天报到。以后,我要只靠我的工资活着了。苏琪桐说完就走了。走的时候,他想再看苗含笑一眼,苗含笑愣愣地望着他,眼睛里蓄满泪水。

苏琪桐离开优裕的生活,也离开苗含笑。让他难过的是,苗含笑也不理会他了。这份工作,在他多次应聘之后获得,他十分珍惜。有时,老板让他加班,一直到夜里十一点,他也毫无怨言,靠自己的双手创造未来的希冀在他心头点燃。

苗含笑听说,苏琪桐开始过起和以前完全两样的日子,听说他经常工作到深夜,刹那间,又开始心疼他。苗含笑突然想到,苏琪桐不仅是一个善良阳光的大男生,还可能是一个有志气有力量的青年。

苏琪桐离开的日子,苗含笑很想他。想他们在一起时,与钱无关的点点滴滴。可是,苏琪桐似乎从她的生活里销声匿迹了。苗含笑想他,想到流泪了。

苗含笑找到苏琪桐的宿舍,一间房,一张桌,一张床,简单极了。苗含笑说,我不要你离开我。

苏琪桐说,即使我一辈子只能过现在这样的日子,也不离开?苗含笑说,不离开。苏琪桐拥抱苗含笑,说,我要靠自己,从头做起,像父亲那样,创造出我们的未来。

苗含笑抱紧了苏琪桐,轻轻地、幸福地啜泣着。

偏　见

　　李树有运动员的身材,演员的美貌,有令人着迷的眼神,令人沉醉的声音。李树从农村来到城市,想吃饱饭,得有钱;想留在这个城市,得有钱;想在这里扎下根,得有钱。所以,他一直认为,做这个,他迫不得已。现实令他别无选择,丰厚的收入让他在不安之余得到些许安慰。

　　李树在来到城市第三年时,遇到可可。可可有如瀑的乌发,丰润的红唇。可可能歌善舞,是幼儿教师。更重要的,他对可可一见如故,可可对他温柔体贴,柔情似水。

　　初相识,可可问李树做什么工作? 他轻描淡写地说做策划,可可信了。他小心翼翼行事,不留破绽。

　　可可对他做什么工作并不留意,却对他身边有没有其他女人极度敏感。那天他醉酒,第二天酒醒,左思右想才依稀忆起,是可可送他回家。那是可可第一次到他住的地方,令他心中忐忑。

　　他去找可可,没有看见可可温柔的笑脸。可可眼神中充满忧伤。可可问他,阳台上为什么晾着女人的丝袜,枕头上为什么留有长长的头发。轰隆一声,他的脑袋里犹如投入一枚手榴弹,轰然爆炸,狼烟四起,碎片乱飞。情急之中,他的目光左躲右闪,他说,是表姐,之前在家里住过,可能是她留下的。这个解释苍白无力,连他自己都不能说服自己。可可用失望的目光看着他,看得他心里发毛,看得他想要逃。他依然强作镇定,恰好手机铃响,他接电话,匆匆对可可说,有急事我先走了。可可绝望地看着他离开,走远,一言不发。

接下来,他俩之间,便是无休止的沉默。李树不敢再和可可联系,他不知道该怎么向可可解释,假若可可知道了真相,一定会离开他。与其让可可知道真相后,当面羞辱他,然后与他分手,不如现在就断了联系。他害怕看到温柔的可可羞辱他的样子,那情景,让他不寒而栗、羞愧难当。

断了联系第 15 天时,可可打来电话。李树看着电话,胆战心惊。他在电话铃将要断的最后一秒迅速按下接听键。他叫一声可可,电话里传出哭泣声,哭了一会儿,便挂断了。他急忙打过去,可可说,我想要你告诉我,事情的真相。

李树认为,可可知道真相或者不知道真相,结果都是一样,但对他的意义却不一样。李树决定拒绝告诉可可,他却听见自己说,好,今晚你来 Z 酒吧! 让你见一个人。话刚说完,他便后悔。

可可忧伤地坐在酒吧昏暗的灯光里,等待李树,约定的时间已过,李树却没有出现。可可皱着眉头,不时向酒吧门口张望。随着音乐的节奏令人沉醉的歌声响起:那一年的雪花飘落梅花开枝头,那一年的华清池旁留下太多愁,不要说谁是谁非感情错与对,只想梦里与你一起再醉一回。舞台上,一个曼妙的女孩,甩着飘带翩翩起舞,边舞边唱。歌声悠扬如泣如诉。可可心绪烦乱,再次将目光移向酒吧门口。

一曲唱完,女孩走下舞台,径直来到可可身边,看可可一会儿,在对面坐下。女孩说,我是李树,我是一名反串演员。你看见的丝袜还有头发,都是我的。这就是真实的我。

可可先是生气,继而脸上有泪落下,接下来挂着泪珠的脸上露出微微的笑意,然后又有泪珠滚下。可可颤声说,反串有什么不好？反串光明正大。李树瞬间被这句话击中心弦。

他俩的恋情突飞猛进，有了质的飞跃。约好了和可可的家人见面，请他们一块儿吃饭。妈妈听见李树说自己是个反串演员，脸色立变，起身拉起可可就走。

之后可可失踪了。单位里没有人，电话没人接，哪里都找不到，直到一周后，李树才打听到消息，可可被妈妈关起来了。

可可妈妈终于同意再见李树最后一面。可可妈妈一开口就说，只要你做反串演员，就别想再和可可在一起。李树想起可可对他说的话，反串演员光明正大。李树想，有可可这句话，这辈子都值了。

李树对可可妈妈说，好，我听您的。从今天起，我不再做反串演员。

萝莉与大叔

萝莉二十三岁，她离开老家时，给爸爸撂下话，打死我也要嫁他。萝莉说的他，是位大叔。大叔比她大十六岁，离婚，带一男孩。当初，单身大叔追萝莉三年，才追上。萝莉爱上大叔。婚礼前一个月，老家传来消息，爸爸开车撞上树，她成了孤儿。想到父亲，萝莉难过，隆重的婚礼被她取消，只领结婚证。

婚后，萝莉与大叔的母亲还有大叔的孩子住在一起。萝莉工作不算太忙，为了大叔，回到家，就忙着做饭，洗衣，照顾家。可是大叔的妈妈还是不喜欢她，因为她喜欢她原来的儿媳。

一次，萝莉听到有客人来了，大叔的妈妈慌忙拉起她就向卫生间走，把她推进卫生间，还把门关上了，并从门缝里叮嘱她，别出来，别出声，就去迎接客人了。萝莉在卫生间里没出来，她张开了耳朵倾听，是大叔的前妻来了，大叔的妈妈声音亲热得很，和平时对她的态度判若两人。萝莉几次想冲出去，和大叔的前妻打个招呼，都忍住了。直到前妻走，她才从卫生间里走了出来。那一天，她觉得婆婆过分极了。她觉得自己懦弱极了。可是，看看快中午了，她还是去厨房做好了饭，喊婆婆来吃。吃过了饭，还剥好了橘子，递给婆婆吃。

一天，大叔去卫生间了，大叔的手机就放在她眼前，她正好收拾好一切，坐下来休息，就拿起大叔的手机翻了翻。她看到大叔前妻发的短信：谢谢你周六陪着我，在我最需要你的时候。她想起周六时大叔对她说，去单位加班。虽然有点难过，她还是抑制了自己的情绪，她想，这没什么吧？大叔有小孩，和前妻见面是避免不了的事，她用自己的手机，给大叔的前妻发了短信。她说，你以后有什么事情了，你可以和我说，我是他的妻子，我可以和他一起帮助你。

那天，大叔回来时已是十一点，大叔喝了点酒。大叔回来时，萝莉正在想念她的爸爸。爸爸为什么会在她结婚前夕开车撞上了树，这和她离开老家时撂给爸爸的那句话有关吗？她一直在想这个问题，想一会儿，流一会泪，想一会儿，流一会泪。

她不想大叔看到她忧伤的样子，她擦干了眼泪，大叔就进来了，大叔说，老婆，我回来了。大叔在她身边躺下。大概因为忧伤的原因，她突然就想起大叔骗她说周六加班的事。她就问大叔，周六你干什么了？大叔含混地说，加班了。她继续问，周六你是不是见什么人去了？大叔说，加班了。她想，他只要告诉她为什么见前妻，就什么事也没有了。可是，大叔不耐烦了。大叔给她一个后背，她再问他话，他就一言不发了。萝莉推他，说，你不能睡。萝莉想撒个娇，萝莉想，只要他抱抱我，说别多想了，我就什么都不问了。可是，大叔似乎连眼睛都懒得睁开了。大叔闭着眼睛，突然大声喊，你滚出去。大叔把她搁在他胳膊上的双手重重一推，吼道，你是个疯婆子。

萝莉愣住了。她不说话也不动了。她愣了很久。后来，听到他均匀的、轻微的鼾声，她才醒转过来。

萝莉走出卧室，倒杯红酒，蜷缩在茶几与沙发之间的地板上。她重新想起了爸爸，爸爸为什么会撞树上呢？如果没有她最后撂给爸爸的那句话，爸爸还会撞树上吗？爸爸去了，现在大叔说"你滚出去，你就是一个疯婆子"。那么，在这世上，再也没有什么可留恋的人了。

她将红酒举出好看的角度，把酒杯探到唇边。萝莉喝进去的，仿佛不是红酒，而是满满一腔忧伤。红酒干了，高脚杯和她的手一起垂下，落到地板上，高脚杯与地板叮当相撞，碎成了玻璃碴。她举起成了玻璃碴的高脚杯，亲吻高脚杯，高脚杯上就留下了她的鲜血，她看了一眼卧室，卧室的门开着，大叔仍然在发出均匀的呼吸。大叔仍然丢给她一个后背。她发觉高脚杯想亲吻她的手腕，她就把手腕凑到了高脚杯上，她的手腕就有一道红色的小溪蜿蜒流淌。她感觉她累了，她困了，她要睡着了，她就睡着了。

多年之后，萝莉和大叔额上都多了皱纹。他和她在一起回忆起这段往事。他说，那晚，听到玻璃敲击地板的声音，我还迷迷糊糊，后来才惊醒了，我光脚跑到客厅就看到血，很多血。大叔说，你吓到我了，我后悔死了，我再累再气你的误解和怀疑，也不能那么口不择言。她笑了，她说，我那时还那么天真，哪里懂得，你有时也像小孩子呢，在困倦时说的那句话，也许是小娃娃在闹瞌睡呢。当不得真的。

她听到他嘿嘿地笑。

那时，到底年纪轻，她悠悠地叹口气说，年纪轻，也好，也不好。

藏起来的户口本

她藏起了父亲的户口本，父亲并不知道。

她一直都想撵那女人走。那女人在很短时间里，迷倒了老爸。母亲去世不过才一年，那女人就和老爸住在了一起。一个陌生的女人，代替甚至超越了母亲在父亲心里的位置，这让她伤心、失落、愤懑。

那女人住在她家里，怎么才能撵得走？撵她走，需父亲心里愿意。让父亲愿意，谈何容易？

父亲说那女人，温柔贤惠善良。她嘴角撇到大海另一边，心说，狐狸精。口里说，亲戚朋友谁不知道？她是为了你的房子你的钱。父亲说，你不要误解她。看父亲的表情，她便明白，撵不走她，已成定局。

那女人，让她经常夜不能寐。所以，她得想个主意，让那女人永远不能成为这个家的一员。不能成为家的一员，就是外人。成为外人，有什么意义？至少让她心里好过点，从前，父亲母亲和她,一家人,多么幸福的时光啊。

可是,那女人将替代她在父亲心目中最后一点位置。她已经失去一个亲人,她不想再失去一个。于是,她找到父亲的户口本,把它藏了起来,她有一种复仇的快感。

终在一个夏季的清晨,父亲发现户口本没了。父亲说,你拿走了户口本? 她说,是,拿了。父亲说,拿出来吧。她说,不拿。

那女人的户口本醒目地搁在茶几上,傻子都明白,父亲要户口本做什么? 父亲能想到向她要户口本,这绝不是简单的事。定是那女人的花花肠子。没有那女人,父亲怎么会想到,她要藏起户口本。搁从前,是绝不可能的事。心里对那女人的怨,就又加了一层。

父亲向她要户口本时,大家正准备吃早饭,那女人煮的粥、做的菜、烙的饼已摆桌上。是阴天,没有太阳光落在餐桌的一角,尽管热粥散发出袅袅热气,仍感觉阴阴凉凉。

看到父亲,穿戴得十分齐整,脸上却挂着怒气,她的嘴也抿起来,眉毛挑起来。

她看到父亲到她的房间里去,她只跟到门口,枕头下,衣柜里,甚至挂着的风衣口袋里……父亲进行着"挖雷式"的搜寻。父亲一无所获,很不甘心。

父亲出来了,她并没言语。父亲说,把你的抽屉锁打开。她说,不打。父亲说,钥匙呢? 她下意识地瞟一眼刚挎上的小包。小包总和她不离左右,即使放下,也在她视力所及之处。

父亲说,钥匙在你包里? 她不搭腔,转身向外走。父亲拉住她,她就使劲向外挣。

一挣一拉。一拉一挣。父亲吃力地说,给我钥匙。她说,别想。父亲突然松手,她还在用力,万没想到,"砰"的一声,她的头撞上了门边的墙。一阵晕眩。她站稳，回回神。她狠狠地看了父亲一眼，打开小包外扣，拉开内袋拉链，褐色户口本赫然呈现眼前。父亲伸手，将触及户口本的一刹那，她冷冷地一字一顿地说，要我，还是要户口本，你可要想清楚了。父亲的手顿住了，她清楚地看到父亲的手在抖。那女人站在父亲身边，女人很忧伤，慌张地将父亲的手拉回。

她走出门，一甩手，又是"砰"的一声，门在身后合上。她无法表达愤怒，为那女人，父亲让她的头撞墙上，母亲在世时，父亲何尝动过她一指头？

两年后，春天，她来到公园，找到父亲所说的桃花园。阳光熙暖，笼罩万物。满园的桃花绽放，盛开的粉红色桃花像一片朝霞，到处是飞舞的蜜蜂。桃树下，那女人站在父亲坐的轮椅背后，双手推着轮椅，低下头，俯在父亲耳边，说了一句什么，父亲朗声地大笑起来。这么多年了，女儿从未看见过父亲这么舒心地大笑过。

她和父亲争抢户口本的一年后，一天，听小姑姑说，父亲一边看一张新报，一边下楼，脚下踩空，滚下楼梯，颈椎摔断了。父亲瘫在床上，吃喝拉撒都要人照料。她原以为那女人就要离开了，谁知，却没有，父亲的病情却一天比一天好，能动了，能坐了。那女人还给父亲买了轮椅，经常推着父亲在街头、公园遛弯。

桃花园里，她走上前，叫了一声阿姨。这是她第一次开口叫那女人阿姨。

她打开小包，将户口本递给父亲，那女人接过户口本，眼眶一下子湿润了。意外地，那女人伸开双臂，拥抱她。那女人伏在她肩头，她听到那女人轻轻抽泣。

爱情的味道

　　二〇一四年九月十二日,刚入校三天,我代表大一新生主持社团组织的晚会。学校礼堂坐满了人,下午两点三十分,晚会准点开始。

　　主持这次晚会,我穿了一条白色无袖长裙,颈下垂一淡绿色玉坠,脚穿一双粉红色高跟鞋。我踩着木地板,逶迤走至玫瑰红色大幕前左下角,我感觉自己就像大幕上的一张小插图,和这个舞台高度融合。

　　我向台下望,台下数千名师生表情生动,齐齐望向刚站在台角的我。我眼睛不知道该看向哪里,无措中,目光和坐在第一排的一位女生期待的目光相撞,彼此会心一笑。一瞬间,让我感觉,这美丽的大学张开怀抱,接纳了我。

　　第一个节目,是个叫莫然的大一男生独唱《天使》,我报了幕,就向后台走。男生向台上走,白衬衣束在宽松长裤腰里,腰间松松地篷出来,头发乌黑,就像刚刚洗过,刚刚吹干。干净、清爽、阳光的感觉。

　　我和这个叫莫然的独唱男生,在舞台上擦肩而过。走过一步,我不由自主地回头。凑巧的是,莫然也回头看我。一步之遥,我看到那张脸上一双睁得很大的眼睛,很好奇、很清澈。然后,就像电影里的慢镜头,我缓缓地回头,向台下走,莫然缓缓地回头,向台上走。我们交汇的眼神,也缓缓地分离,划过整个舞台,划出两道美丽的彩虹。

我忽然感觉心头不安起来。我加快向下走的脚步,台下掌声响起,淹没了我一时慌乱的、敲击着木地板叮当作响的高跟鞋声。

站在后台,听着莫然的歌声,我的心头小鹿乱撞。我在心里责备自己,这是怎么了?主持人要冷静,要冷静。你知道吗?无论发生什么情况,都要冷静面对。可我的心脏,依然"怦怦怦"地乱跳。

我移开麦克风,赶紧小声练习:下一个节目,有请大二学长有趣的相声表演……主持还算顺利,晚会圆满结束。

同学们逐渐散去,礼堂里高涨的热情也渐渐凉下来。我望着台下空出的一排排座椅,心里蓦然惆怅起来,空落落的。我以为晚会上会发生些什么,可是,直至晚会散场,什么也没有发生。晚上,想起这,有种莫名的失落感,觉得自己真是滑稽。

晚会后的第一天上午九点多,晴天,金黄色的阳光披挂在校园门口一家三维打印店,我手里拿着刚刚在这里制作的一个立体心形小工艺品,在工艺品右下角,用草书打印着我的名字和日期。这个模型预示着我大学生活的开始,也便有了让我心动的寓意。

我从三维打印店里边向外推开推拉式玻璃门的银色扶手,我走出来,还未合上的玻璃门被迎面走来的一男生拉住,我和来人擦肩而过,走过一步之遥,我忍不住惊奇地回头,我看见,来人也正回头看我,一双清澈的眼睛微笑地望着我,瞳孔里丝丝的暖意渗进我的心窝。

"莫然。""婴宁。"我们俩几乎同声叫出对方的名字。相视一笑,随着缓缓的转身,我们胶着的目光经过玻璃门,经过三维打印店,经过金黄色的阳光,经过淡蓝色的天幕,划出一道优美的弧线,在我的心里建成一道斑斓的彩虹。

后来,我告诉我的男友莫然。我说,遇到你之前,我憧憬过爱情开端,就是一次浪漫的偶遇。

男友说,若这偶遇是我安排的呢? 你还会不会觉得浪漫。

什么? 你安排的? 我惊讶地发问。

嗯,我报名参加晚会唱歌,我去三维打印店看工艺品,都是我蓄意安排的。第一次看见你,我就喜欢你开朗,喜欢你漂亮,喜欢你性格好,给我一种不一样的感觉……

我仰望着莫然的眼睛,眼神里流动着内心的欣赏,微笑不语。

今天,在宿舍,几个姐妹聊起爱情,好友问起我爱情的味道是什么样的? 我想起这些,心里有些羞涩,我想对好友说些什么,我一向口才很好,可是,却感觉怎么也张不开嘴。只是一味地嘴角上扬着,羞红了脸。

我的骄傲公主

以前,不都是谁在家谁就把房租交了吗? 你明明在家,为什么房东一再叫门你都不开,结果,让房东跑我公司里去要房租,影响多不好。

我还想再说些什么,她已经开始了带着哭腔的笑。她说,你不知道我为什么不开门? 你竟然都不知道我为什么不开门?

我皱起眉头说,我不是给你钱了吗?

她说,我难道不想把房租交了? 听到房东叫门,我吓得一动不敢动,连哭都不敢喘大气,是我不想把房租交了吗? 你都不知道,连房租都交不出,我有多丢脸吗?

她带着哭腔的笑,让我不知所措。过去我们开始相恋时,她是个有钱人家的女孩。骄傲的小公主似的,我喜欢她。后来,她父母生意失利,欠些外债,从此,她就感觉什么都不一样了,仿佛从天上坠落到地下。朋友没有了,不得不找个工作。工作没干几天,总委屈地哭哭啼啼,说别人看不起她,不仅让她干不是她该干的工作,还随意指使她端茶倒水。这也难怪。从前,她多有优越感啊。比如,和同伴们一起逛专卖店,同伴说,这件衣服真好看啊,啊呀,就是有点贵。她嘴巴轻轻一撇,说,服务员给包起来装好。付完款扭头对同伴说,我送你了。

以前,房东来收房租,她都没当回事,随随便便地就能从钱包里取出一沓钱。对房东说,一个月一个月交着多麻烦啊,一次交你半年成吗?我总是拦下她,我觉得还是一个月一个月地交着好一点,像我这样工作并不稳定,如果突然辞职了,需要搬到别处去,可以说搬就搬,不用拖泥带水的。

我一回到家她就向我哭诉,我起先还哄着她,告诉她没关系的,父母没钱了,还有我呢?我会多努力的。可是,她总和我歇斯底里地嚷嚷。为了能让她生活得好,我工作得更加卖力,加班成了常事。这样一来,我一回到家,她就怪我嫌弃她了,说以前我多爱陪着她啊,现在,都不着家了,这不是在躲着她吗。女同事偶尔给我发个关心的短信,她就说,我不要她了,我也像她那些朋友们一样,一看她家没钱了,就都一个个地离开了。我在公司里工作,压力够大了,回到家,就听她无休无止地哭诉与猜疑。我感觉我快让她给逼疯了。

我该怎么办啊?有时候,我想,离开她算了,一了百了。可我再想,我还是很爱她。怎么才能让她面对现实,接受现实呢?我一点办法都没有。只能眼睁睁地忍受着。我想,我就快要忍不下去了。

时间一晃,快一年了。那一天,房东又敲起了门。房东说,该交房租了。那时,我和她都在房间里,我忙站起,准备去开门。这时,她突然站起,她说,你别去,我去开门。房东站在门口,说,该交房租了,她说,我们现在,钱还不够,再过一周,一周后,他就发工资了,到时,一定给你交上。

她的脸色苍白,说话的语气还略有一些胆怯,但毕竟和房东正面谈起了没钱交房租的事,我看见她竟然向房东笑了笑。她怎么突然变得勇敢起来了,似乎和从前两样了,似乎从前那个小公主从她的身体里突然飞走了,而给她的身体里换上了另外一个人。

房东走后,她对我说,明天,我要去找工作了,她们让我端茶倒水,我就端茶倒水,她们让我做什么我就做什么。那不算什么呀。我怎么会连这个都受不了。我惊诧地望着她,迷惑不解。她说,是时间,时间给了我治疗,可能,还没有完全治愈吧。

她真的找了一份文员的工作,她似乎什么都能接受了。甚至,在工作中,她又交了几个新朋友。现在,她和我一起经营着我们的家。我们的生活重新变得甜蜜愉快。

我暗自庆幸,幸亏,在她人生最困难的时候,我没有离开她。她是我心目中永远骄傲的公主。

不想为爱流眼泪

欧羽离开学校图书馆时,十分不舍,这让他好奇怪,走到门口,突然回头,目光移向韩了心端坐的位置。韩了心的眸子安宁地跌入书页。欧羽胸口有根筋脉"砰"地一颤,他加快脚步,迅速逃离图书馆。

欧羽回宿舍取了饭盒,去学校餐厅打饭,他一边噔噔噔地向餐厅走,一边咚咚咚地轻敲不锈钢饭盒。为什么会这样?他怎么会喜欢这样一个女孩?欧羽皱了皱眉,觉得自己真是荒唐可笑得很。

欧羽原以为,韩了心是校图书馆勤工俭学的学妹,凭借一个又一个还书的短暂时间,他假装若无其事地和她聊天,才知道,韩了心原来有这么不一般的身世。

初三那年暑假,父母离婚,没有人管韩了心,她离家,外出求生。一个无依无靠的女孩子能靠什么为生呢?有朋友介绍她去做钢管舞女。去就去了,她把长长的秀发剪得如男孩一样短,她只跳舞,跳完一段舞,立即从酒吧里消失,她从不接受任何人的鲜花和邀请,她用自己的方式,保有一个花季女孩的尊严。

十九岁那年,韩了心开始选择其他的生存方式,她打过很多工,最后,来到校图书馆,安定下来。她很喜欢这份工作,因为她也可以坐在这么美好的地方,像所有男生女生一样,安静地读书。她的成绩曾是那么优秀,读大学曾是她那么完美的梦想。

欧羽摇了摇头,一个研究生,一个初中生,走在一起该是何等怪异?朋友们的耻笑可以不管不顾,父母那关呢?他又如何能过得了。

研三的课程,很少,大部分时间,欧羽在图书馆里翻阅查找各种资料,几个月来,这成了他主要的生活方式。

一日,天空灰沉沉的,无雨无阳光,只是沉闷。照例,欧羽坐在玫瑰红窗帘旁的桌子前,韩了心则坐在工作台后,他们都在读书,只是,欧羽在做功课,而韩了心则是随意地阅读。欧羽看累了,就抬起头,目光最终落在韩了心身上。一个充满青春活力的女孩,一个恬静而酣畅读书的女孩,原来可以这般赏心悦目。欧羽叹息又叹息,对自己无所适从。

图书馆里,欧羽坐着,身子轻微晃起来。这可是怎么了?生怪病了?不对,桌子也晃起来,欧羽迅速抬起头,发现图书馆花架上的花盆也在晃。他立马意识到,天啊,地震了。同学们,快点离开,地震了。欧羽大声喊道。

女生们尖利地叫着,混杂着杂沓的脚步声冲向楼梯。欧羽撞倒了一张椅子,撞歪了一张桌子,把腰上撞出了血,也无知觉。他几个箭步冲上去,拉起韩了心的手,向外冲,韩了心却挣脱他,她着急地说,我要看学生全离开,可不要漏了谁……

欧羽无法,只好停下来,急得直跺脚,直搓手,却毫无办法,一秒钟似乎都是一千年。韩了心双手使劲把欧羽推向门口,声嘶力竭地喊,你快走。欧羽却回身拉了她的手,死也不松开。

只是虚惊一场,只是二三级的微震而已。

那天,他一直等到图书馆里的人都走了,只剩下他和韩了心,他终于说出那句咀嚼了千百遍的话,他说,了心,我爱你,你愿意和我在一起吗?欧羽看见韩了心的眼泪扑簌簌地向下落,他不由伸出手,手指触着她的眼帘,轻轻抚去韩了心睫毛上的泪。

了心落泪了,那是幸福的泪,这么说,了心答应他了。很快,欧羽发现,他错了。韩了心不见了,另一位中年图书管理员告诉欧羽,韩了心辞了工作,留给欧羽一封信。

欧羽打开信封,只抽出一个窄窄的小纸条,淡蓝色的信纸,轻浅的字迹:再见了,有些距离,不是所有人都能视而不见,我不想,为爱流眼泪。

走出图书馆,欧羽才知道下雨了,透明的雨水嘀嗒嘀嗒响。欧羽脑海里不断出现韩了心的影子。她成熟体贴,爱读书,沉静优雅。她历经世事后的纯真,犹如原始森林深处戴着花环的仙女。

欧羽想,哪能这么轻言放弃? 有些距离,不是问题;有些事情,总要尝试后,才知道结局。

漂亮的蝴蝶发卡

十六岁生日,顾小波送雨璐一枚发卡,粉红色发卡上飞一只粉红色的蝴蝶,羽翅透明,脉络纤细,两根金黄的触须,如眼波般颤动。发卡放掌心,随雨璐的裙裾缓缓旋转。多么漂亮的发卡,多么漂亮的蝴蝶。雨璐凝望发卡的眸,是湛蓝的美妙的清澈的湖。

宿舍里,雨璐肘撑桌面,托着腮,发呆。一短行一短行的字蹦进脑海。她摊开一沓粉色信笺,握水笔,写写停停,信笺上有了诗的模样。她无声诵读。心的声音清灵灵,恍若长了天使翅膀,环绕黛青色山尖旋舞。

突然,雨璐羞涩起来,她把信笺对折,嘶啦,撕成两半,再对折,嘶啦,再撕成两半。很快,桌子上堆出一堆窸窸窣窣的小纸花。一片纸花如一朵桃花瓣。雨璐张开纤纤玉指撮一把,松开指尖,便有粉红的桃花瓣纷纷扬扬,濡红她的眉梢眼帘,濡红她的少女情怀。

上了大学,顾小波和雨璐仍是好朋友。好朋友们常见面,散步,聊天,喝茶,吃饭,K 歌。

有一天,顾小波和雨璐在行人稀疏的人行道上漫步,霏霏雨丝飘飘洒洒。雨璐突然说,你看我头上的发卡,漂亮不? 一玫粉色的蝴蝶,两根金黄的触须,如眼波一样颤动,羽翼透明,脉络纤细。顾小波答,漂亮! 雨璐扑闪一下眼皮狡黠地说,认得不? 顾小波说,好像见过,不过想不起来了。雨璐突然转身,就有眼泪珍珠一样骨碌骨碌顺绯红的双颊滚落。心头有细瓷呼啦啦炸碎,炸一心尖锐的瓷片。

不久,雨璐有了男友,男友高大英俊,体贴周到。男友是她的发小谭刚,谭刚曾向她表白过两次,她都婉言谢绝了,谭刚没有向她表白第三次,她却主动答应了他。答应谭刚时,她乌黑的发上没有别发卡,起风了,风渐渐大起来,吹得长发四处飞扬。雨璐感觉落入荒无人烟的沙漠,风烟滚滚,黄沙漫漫,无边无际。雨璐面对谭刚狂喜的脸笑一下,笑得苍白虚弱。她想,或许她可以找到一个可以依靠的肩膀,或许她可以找到一片绿洲,或许……

雨璐时常看那玫粉色的蝴蝶发卡,发卡已褪色,翅膀已疲惫,触须已染点点忧伤。谭刚时而欣喜,时而愁绪满怀。终于谭刚问雨璐,你似乎不太高兴? 是因为有我? 雨璐便浅浅地笑,说,我很好啊,我很开心。黄昏,雨璐去学校大草坪,竭尽全力,将发卡一抛。她试着用目光寻找那一抹粉红,却什么也没有寻到。

谭刚执意要分手,雨璐觉得诧异,只是没有一点难过,倒像是卸下心头悬垂的黑石。

雨璐坐在学校小花园的长椅上,读一本小说,读至酣处,不由掩卷于胸口,抬首遐思。只见两只蜜蜂极速扇动翅膀,轻点月季花蕊,嘤嘤嗡嗡。雨璐神驰心外,想这一对蜜蜂可真是神仙眷侣,人也比之不及呀。雨璐轻叹一声,不由看呆了。

忽有一人影挡于眼前,取代了蜜蜂。雨璐回神一看,竟是顾小波。只见他撸起T恤长袖,又放下来,一双手慌乱不堪,竟是无处可搁。顾小波何时这样扭捏过?雨璐心头真是又恨又笑又忧伤,不由得也跟着慌乱起来,心口扑通扑通乱跳一气。

良久,顾小波手插口袋,抽出时握一红绸小包裹,他拈着绸角一点点掀开。雨璐先瞅见一粉红翅膀尖,接着是两根金黄的颤颤的触须,然后,便是整个蝴蝶发卡。雨璐吃惊不小,用力闭眼晃晃脑袋,睁眼定神细细分辨,却分明是她忍痛丢弃的。雨璐眼神变得模糊,神思愈发恍惚,不觉间已是抽抽搭搭哽咽难止。

哪里来的?

是谭刚,看着你扔远,又帮我们找回。我从来没有忘记过我送你的发卡。只是,我们都长大了。谭刚是我们的朋友。你明白?

雨璐明白,顾小波,谭刚,雨璐,是最铁的朋友,从小学铁到大学。

那谭刚和我分手,也因为我们是最好的朋友?

顾小波点了头,说,是这样的。

顾小波与雨璐开始相恋,雨璐发现谭刚似乎故意避开他们。

大学毕业后，顾小波与雨璐留在同一城市，找了工作，雨璐做了顾小波的新娘。谭刚悄悄坐上一列火车，列车轰鸣，驶向千里之外的另一座城市。

美好的爱情

女孩顾丽颖不想接受男生周晨，在她看来，这份感情极不合时宜。一个是本科在校生，一个是在学校餐厅给人打饭的勤杂人员，而且学历只有初中。所以，面对周晨的追求，虽心如小鹿乱撞，但，总是微笑回绝。

可是，当她手术后醒来，看到坐在床前的周晨，满眼红血丝，她的心疼了又疼。她没料到，怎么就得了急性阑尾炎，切了阑尾。虽不算大毛病，可医生说，如手术不及时，会要了她的命。异乡，爸妈不在身边，多亏了周晨，白天上课，夜里在医院里陪她。病房里，她总爱偷偷看周晨的眼睛。见眼睛里红血丝又多了，心里便生出万般柔情。

出院后，周晨去餐厅打饭，突然从背后变出一朵玫瑰花。丝丝香气，在顾丽颖鼻翼缭绕。她没再拒绝，接过来，冲他甜甜一笑。就这样，他们相恋了。

顾丽颖把周晨看成上天赐予她的珍贵礼物。有了这份意想不到的爱情，她努力提高自己。她辞去学校餐厅工作，读了成人教育。现在，她已在企业，做到销售主管。从自卑到时尚美丽到自信从容，她暗暗松了口气，现在，总算能配得上他了吧？

与顾丽颖相比,周晨却不如意。大学毕业,丢工作,受打击,情绪低落。周晨不工作已一年,靠顾丽颖的收入过活。起初,顾丽颖笑盈盈地看着他说,没事,有我呢。后来,看他仍不思进取,破罐子破摔,着急了,天天催他出去工作。但,周晨的情绪没有丝毫改观,这让顾丽颖伤透了脑筋。

一天,顾丽颖羞涩地对周晨说,我们有小孩了。周晨问,你怎么知道?顾丽颖说,试孕纸验的。我和小孩,以后可得指望你呢。你想想,是不是得赶紧找个工作?

周晨皱起眉头问,多久了?

顾丽颖想了一会儿说,一个月吧。

周晨走至屋角茶几旁,拿起插着玫瑰花的蓝瓷花瓶,重重放在顾丽颖面前。周晨说,这个时候,你说怀孕了?

顾丽颖急忙细看蓝瓷花瓶,还好,没被震裂,这花瓶可是周晨送她的生日礼物,蕴藏着她的美好记忆。昨天摆放的玫瑰花,说是一位帅哥送的,本想刺激一下周晨,周晨却把怀孕和帅哥联系到一起,没想到周晨会这么瞎联系。

她嗔怒说,周晨,你小心眼儿。周晨看了她一会儿,心事重重地说,好吧好吧,我明天去找工作。

顾丽颖听周晨答应去找工作,暗自轻吁一口气,不愉快也消散了大半。第二天上午,周晨果真出门了。

周晨回来时,已是中午。他一站到顾丽颖面前,就面红耳赤地说,送你玫瑰花的是谁?他扫了屋子角落一眼,玫瑰花已不见了。玫瑰花在时,他生气。他表示了对玫瑰花的怀疑之后,玫瑰花突然不见了,这令他更加生气。他追问,玫瑰花是谁送的?

顾丽颖淡淡说,一个客户。然后,又热切地问,工作,有合适的吗?

周晨没好气地说，我去医院了。问得很清楚。受孕时间，在我回老家的十五天。这孩子，究竟是谁的？

顾丽颖刹那间惊呆了，羞愤交加，一口气憋在那里，愣一会儿，才说出话来。她说，你不找工作，还说出这样的话。你还爱我吗？

周晨追问，这孩子，到底是谁的？

顾丽颖委屈的泪水流下来。她说，告诉你吧，根本没有孩子。一年来，我方法都用尽了，你还这么消沉，连工作都不找。这是我最后的办法了。

周晨问，那玫瑰花呢？

顾丽颖说，客户送的。吓你呢。见你不开心，扔了。

周晨心里的火气渐渐退去，头上的冷汗渐渐地消散。

下午，周晨又要出门。顾丽颖问，去哪儿？

周晨说，我去人才交流市场看看。

顾丽颖看见周晨眼里重新焕发出对生活的热情，激动起来。她羞涩地想，爱情，真的很美好。

永远的百里香

还记得吗？十八岁那年，我问你愿意做我女朋友吗？你拒绝了我。

我没想到，你竟然一声不吭独自走了，走得那么远。我来看你，这里环境挺不错，比我想象中好得多。

我拽开箱顶蝴蝶结黄丝带，揭下粉红心形彩纸，打开箱子，香气扑鼻而来。我笑了。闻到花香了吧？是盆百里香。

花很小，离得近才看得真。这是你最喜欢的花，我自己种的，种了很久。我把花朝前挪了挪。

我不知道说什么，手指来回绞着手指。神思恍惚中，你的笑声忽然响起，你的笑容突然盛开，如同轻风中盈盈飞来的芙蓉花。瞬间，我的心变得甜蜜柔软。

你愿意做我女朋友吗？现在的我改变很多。是真的。我知道，你现在仍是一个人。

我们分开后，我学了两年香疗师。就是观察皮肤，用纯天然植物针对个人肤质配制单方，让人的肌肤回到最美状态。我用我种的茉莉花为你配了一瓶精油，很适合你的肤质，你喜欢吗？

我先是在化妆品超市打工。每天坐在超市的角落里，看人群熙来攘往。我面前摆着一块写着香疗师的红牌，来往的男男女女看看我，看看牌子，眼神里满是不屑或者鄙视。那时候，我真想找个地缝钻进去，从他们的视线里消失得无影无踪。

那样落寞的时刻，我很想你，你对我说，百里香不怕恶劣环境，很久很久没有水都没有关系，它很喜欢阳光，开不了很大的花，最大只有 10 毫米，小花瓣却蕴藏了世上最浓郁的花香。它的香气可以飘至百里，所以它叫百里香。

我用手拨弄着百里香的小叶片，想起了从前的你。

我记得你家境不好，为增加收入，接了四五个兼职。那天，我去看你，你刚做完一个兼职，正准备去做另一个。那时已经六点，你还没有吃饭，你准备做完这个工作之后再吃饭，这个工作做完还需要四个小时。我看得出，你很疲倦。我劝你不要做了，哪怕每天少做一个也好。可你说，我选择了就要做下去，拼了命也要做下去。

你说话的时候，正走在去做兼职的路上，风吹动着你那有点零乱的长发。你知道吗？那一刻，你的脸与百里香像幻灯片一样在我眼前闪，我觉得你就是百里香，或者百里香就是你。

那花香一直缠绕着我，给我力量，给我勇气。我顶着别人的白眼和冷嘲热讽坚持着，在放弃的边缘坚守。慢慢地，我的配方给客人的皮肤带来很大改变，她们开始接纳我、喜欢我、赞美我。我的自信一点点地增长累积，终于，我相信，凭我的能力，我可以获得更多。

现在，我在我们学校右边的那条街上，开了一家理疗馆。我收拾得很干净，空气里总飘着淡雅的花香。你有没有觉得难以置信？我以前遇到困难会逃避甚至放弃，但那时的我已经不在了，我吃了不少苦头，不过那都不算什么了。

我很幸运，我遇见了你，你感染了我，使我从一个半途而废的人变成了脚踏实地、为理想坚持一生的人。你改变了我的人生。我相信，我可以给你你想要的幸福。

现在，你愿意做我女朋友吗？或者说，你愿意嫁给我吗？别急着回答，你可以考虑考虑，再对我说，好吗？

不早了，我该走了。我打开一瓶水，给百里香浇了浇。我捧起它放在鼻尖闭目嗅着花香，停了一会儿放下来，在你的墓碑前摆正，我把给你配的精油打开，围着你的坟墓一滴一滴飘落渗入泥土。

地震的时候，你正在讲课，你镇定地疏散学生，学生全部离开，你却留在最后，掉下来的天花板正好砸中你的胸口，你倒在一片烟尘中……

如果你还在，你会接受我吗？两滴泪涌上睫毛，颤动着，终于，无声滑落。

人比黄花瘦

大学里有湖有小径,湖水边小径旁,植着滴芳含翠的榕花树。她倚坐在榕树下石阶上,脚尖挨着湖水,膝上摊着书本,目光不在书里。她环抱双膝,对静如处子的湖面,美目盼兮,巧笑倩兮,双颊飞红。她读大二。她的双目如泉水般清澈,肤质如桃花般粉嫩,笑容如婴儿般娇憨,裙裾如清风般飘逸。

思绪飘到了遥远的记忆中。四方的小餐桌边,搁着她爱吃的鸡蛋羹。她坐在小椅子上,唇咬碗边,高低刚刚好。父亲蜷在矮小狭窄的椅子里,目光如温热的泉,脸颊皱起笑纹,满足地看她吃鸡蛋羹。漆了红漆的木制窗框,直射一束万花筒般地阳光,温柔地笼罩着父女俩。父亲对她说,你以后要找一个有钱的男人。她忽闪着眼睛说,好,找有钱的男人。奶声奶气。父亲满意地笑。那一年,她六岁,父亲三十三岁。

那时,母亲离开她已有十二个月。父亲说,你妈跟人跑了,因为爸没钱,让你妈受苦了,所以你妈跟人跑了,跑到巴黎去,过有钱人的生活去了。父亲说,你以后,一定要找一个有钱的男人。有钱了,就不用跟着爸受苦了。父亲垂下头,父亲的眼中滚出泪珠。她爬上父亲膝头,伸出柔软的小手给父亲擦眼睛,她说,爸爸乖,爸爸不哭。

找一个有钱的男人,是父亲多年来挂在嘴边的一句话,她的耳朵听出了茧子。父亲再说,她便烦了,柳眉一皱,双眸一瞪,对父亲说，你又来了，烦死人了。父亲便爱怜地笑，说，你这闺女，嘿嘿。父亲说这话时，她已腰身修长，脖颈细白，一头乌发如潺潺流水倾泻在香肩上。

母亲离开十六年了，干着粗重活计独自供养她的父亲，脊背微微弯曲，皮肤粗糙，额头跌宕起伏、层峦叠嶂。父亲和她，粗茶淡饭，相依为命。如果找，就找有钱男朋友，不为己，为父亲，那是父亲锥心刺骨的梦想。况且，对于她，不是难事，她只需在青春里轻歌曼舞，挑选，答应。

夕阳西照，红了马路，红了梧桐树，红了路边来来往往的行人。她坐在公交车的窗边，满怀心事，一腔情丝。公交车靠站台缓缓停下，又缓缓出发。于是，再次看到他。他的衬衣袖子高高挽起，裸出健硕的胳膊。他连看也没看公交车，交替迈动略显沉重滞涩的双腿，和她坐的车同一方向前进。

他和她在同一所大学，周末，他给两个初一学生做家教，回来，他通常不坐公交车，因为，可以省下一块钱。他对她说，是为她，攒钱。从现在就开始努力积攒，也许，终可缩短与她父亲所要求的距离。

她的食指攥在另一手掌的拇指与食指间，指甲深深抠进食指根的肉里，肉痛终不能抵消心痛。喜欢一个人，原来这样突如其来，强劲柔韧，细水长流，任她如何努力，却终不能驱散。

一天清晨，她打开窗，看见浓浓的雾气。她鼓足勇气对父亲说，他和别人不同，和他在一起，是我最大的幸福，我们也会让你幸福。父亲怒了，说，绝对不行，你想也不要想，赶紧和他断了。她神情落寞，说，好，断了就断了。

果真和他断了，本来就没有开始，本来就不敢向前跨过哪怕一步。她一日日消瘦，瘦成一杆妃竹，瘦成一片薄云，瘦成一缕轻风,瘦成一绺青丝,瘦到贫血低血压,瘦到父亲无声落泪。十五个月后,终于,父亲长叹一声,说,你的事,爸不管了。

毕业之后,他和她果真一起生活。他们租了房,找工作,在城市里奔波,他们做饭,洗衣,她挎着他的臂肘在华灯初放的城市里散步。

生活依然清贫,瘦弱的她却渐渐变得丰满红润。

活体雕塑

柳志扮活体雕塑,神韵俱佳,栩栩如生。柳志喜欢能动的静态美。

柳志飘在异乡,无所归依。柳志想要一个亲密无间的女人,不是一个女人就能满足他对未来所有的期许,而是他想,有一个女人在身边,让他心里踏实稳定,让他更能说服家人,或者说服自己,为活体雕塑艺术,在异乡飘下去。

这日,柳志和吴香扮的是铜人,颜料涂在脸上、颈上、手上、臂上,涂在所有裸露的肌肤上。一对铜人夫妻诞生了。工作八小时后,吴香随柳志回了家。洗去颜料,吴香扬脖对镜轻触脸上的疹子。吴香说,必须要离开活体雕塑了。柳志觉得惶恐。柳志问吴香,为什么离开?吴香说,因为卸妆后发红发痒的疹子。柳志问,小小疹子,是充分理由?吴香说,我是女人,爱美的女人。柳志问,那以后,有啥打算?吴香说,卖时装。柳志再问,卖时装有啥好?吴香说,条件好了,开时装店。柳志发现,吴香唇间飘出开时装店时,眉眼幻出迷人的曲线。这眉眼,令柳志着迷。

柳志的日子和从前不再一样。柳志扮活体雕塑,一笔一笔,涂上油彩,身边缺了吴香。铜人一手提鸟笼,一手横旱烟袋,眼睛望向天空,凝固在景区的绿草地上,或者某舞台上,身边缺了吴香。柳志从来没有想过,吴香有不和他一起做活体雕塑行为艺术的一天。柳志无限怅惘。弥补遗憾的是,离开活体雕塑,吴香承认是他柳志的女友。

矿泉水瓶里,柳志送的一支玫瑰,静静绽放,芬芳四溢。月光如水,静静地铺在地板上。花前,月下,吴香给柳志端来温热的水,用纤细柔嫩的指肚帮他拭去脸上颈上的油彩。吴香买来消炎的药膏,温柔地给柳志涂抹,呵护他的皮肤。

飘在异乡,有吴香这样的女友,柳志有了幸福感。柳志寻找一切与活体雕塑有关的人。对每个人都说,有活儿了找我。柳志的活儿越来越多。点点滴滴的钱,存入银行。柳志很疲惫,疲惫的柳志想赚到开一家服装店的钱,越快越好。

越来越多的活儿,接踵而至,使柳志来不及思考,也许不是来不及思考,是根本不需要思考。他只要摆出相同的造型,就可满足"上帝"的需求。从前,浸入活体雕塑中,对一个动作,一个眼神,一个装饰,精雕细琢,总有灵感频频乍现。频闪得让他心潮澎湃的灵感,很久已经不见。可这重要吗?好像不。他有很多活体雕塑的活儿,他有亲密无间的吴香,萦萦环绕在身边。

偶尔他也想知道,那一波儿一波儿的灵感,都藏哪儿去了,却并不想深究。只想他的活体雕塑里都是一个实实在在的服装店,都是吴香如彩云般灿烂绽放的柔美的笑脸。只要能赚钱就好。他想,天下的男人都应该这样,靠自己的汗水,给女友想要的生活。

偶尔,还是会想念,那些频繁有灵感闪现的日子,只不过,只是一闪而过的思绪,过了就过了,不会再多想。和他的吴香相比,那些并不重要。吴香很近,那些很远。

　　他把攒下的钱,给吴香。他说,相信活体雕塑没错吧。这钱够你盘下个小店。吴香有了服装店。吴香的小店越开越大。吴香成为一个成功的商人。成功的商人,有个天天扮成活体雕塑的男友。男友是雕塑,在任一景区,可让游客肆意嬉笑拍照,供游客消遣。

　　柳志发现,吴香心里有了不悦。吴香对柳志说,你不要再做活体雕塑。你要进步。你要配得上我的生活圈。柳志说,你要相信我,就像当初,你信我可以为你攒够开服装店的本钱一样,你要信我可以用活体雕塑给你赚来更多的钱。

　　一天,柳志做活体雕塑回来,发现吴香的人不见了。他找到了吴香,他发现,吴香的心亦消失不见。柳志恐惧。柳志惶惶不安。与吴香的往事,如潮汐般涌来。想着想着就发现,从一开始,吴香的灵魂在一个世界,而他的灵魂却在另一个世界,他俩的灵魂世界毫不相关。

　　柳志度过了一段难挨的日子。柳志甚至以为,在难挨的日子里,无论他怎么走,都走不出吴香。

　　他重新只为活体雕塑而浸在他的活体雕塑里。一天,他吃惊地发现,有一朵娇媚的灵感,乍然闪现。

长发妹

他油画画得好,长发妹喜欢得不得了,她说,你教教我吧?他说,好。长发妹去他的画室,画画,他指导。很简陋的画室,但有长桌、画毡、油彩画纸,有画笔可以天马行空、纵横驰骋的空间,便成为迷人的所在。每次,长发妹都早早准备,还未到约定时间就到了。长长的头发盘在头顶,若云若黛,携着一股清新的风。

一次,长发妹来迟了,他在画室里走来走去,但就是不打电话过去问一声。长发妹迟了半个小时后,终于来了,他装得若无其事的样子。其实也不算装,他平时就这样,什么事都只放心里,像个没嘴儿的葫芦。长发妹倒是爱说话,调完了色要动笔画了,她带着歉意说,我来时,突然觉得要洗头,我洗得飞快,可还是晚了。她问他,你说,我若把头发剪了,会不会好看?长发妹头发乌黑,披散开时垂到膝盖窝下,很壮观,有"飞流直下三千尺"的感觉。他想,起初认识长发妹时,她对他说,她的头发是为她相恋六年的前男友留的,等不到前男友回来找她,她就永远不剪发。他忙说,好看,剪了吧。长发妹右手拿着画笔,左手在头发上抚了一会儿,发了一会儿呆,又说,还是不舍得。他又想起长发妹曾对他说过的话,她说,以前,前男友有时会帮她洗头发。

跟他学画六个多月了,长发妹画出的画比从前好了很多,着色、构图都有进步,这让她非常开心。

一个清晨,在晨鸟啁啁啾啾的叫声中,他突然来到长发妹的住处。长发妹住在一个小区,租一间房。他推门进来时,长发妹正拿了湿抹布在擦桌子。他问,吃饭了没? 他手里提着一个白塑料袋。长发妹看见里面有几个包得很精巧的小包子。她说,吃过了,一根黄瓜。我好像和你说过吧? 我要减肥。他说,哦,我路过。顺便带来的,早饭一定要吃饱。长发妹说,你的喉咙怎么哑了? 他说,嗯,可能上火了吧? 他搁下包子,说,我走了。她在后边追着说,记得去看看喉咙啊。他回头说,嗯。她吃了一个包子,还想吃,没吃。她自言自语,他的包子是在哪儿买的,怎么这么好吃?

长发妹去学画,听到他的声音更哑了,她说,你去看了没有? 他问,看什么? 她说,看喉咙啊。他说,不用看。她突然就着急得不得了,说要陪他去看。他说,都说了,过几天自己就好了。长发妹放下画笔,拉着他的胳膊,硬是把他拽出了门。他俩各自骑了一辆自行车,到了市一院,他俩在内科诊室等着,诊室里边放了五六盆花,桌子上还放了一个长方形鱼缸。长发妹突然接到电话,公司叫她回去,她对手机说有点事,能不能不去? 不知道对方又说了什么,挂了电话,长发妹对他说,我得走了,你看完了,给我打个电话。他说你不怕我也走了? 长发妹说,你不要走,好不好嘛!他说,好。长发妹一边笑一边离开了。

公司的事一办完,长发妹就给他打电话,问他怎么样了。他笑着说,都说了只是喉咙发炎,开了消炎药。她又追问,药吃了吗? 听他说吃了药,长发妹才挂了电话。长发妹越来越喜欢这种感觉,和他在一起,无论做什么,都有一种家常的隽永的欢喜。

半个月后,她剪了长头发。没有了长头发,忽然感觉身子轻了许多似的,走路都飘飘悠悠,心里也恍恍惚惚,似鬼魅上身了。

长发妹来学画,画完了,两个人并肩看画。他夸她画得越来越好了。她说，那是，看是谁教的了。说着她从包里拿出一沓钱，她说，给你。他说，你干什么呢？她说，给你治病。他说，我好好的，治什么病？她说，这是我卖掉长发的钱，还有我平时的积蓄，还不到一万元。不过，一米五的油黑乌亮的长发，到底卖了个好价钱。他说，你看我像有病的样子？他向她轻松地笑一笑。她的脸上突然就挂上了两行泪。她说，那这是什么？她翻开他书架上的一本画册，从里面抽出一张诊断证明。

长发妹捏着诊断证明，举到他跟前。他看见证明簌簌地抖动，证明上的几个方正的黑字也在簌簌地抖动。那几个字是：甲状腺癌。

约　会

林嫣和乔修庆用手机 QQ 聊天。

林嫣说，想见你了。乔修庆说，我也想，很想。林嫣说，那你来。乔修庆说，忙。第一次，乔修庆说忙时，林嫣极信。第二次乔修庆说忙时，林嫣有点不悦。第三次，乔修庆又这样说时，林嫣就有些心慌。

慌什么呢？她问自己。

林嫣是个在校大学生，在 N 市，乔修庆是个街头画家，在 S 市。N 市与 S 市相隔太过遥远。有时，林嫣梦到和乔修庆在一起，游花赏月，诗情画意。醒来，眼前空空如也，只余无限惆怅。

两年前，林嫣和乔修庆在网上相识。林嫣有个农场，农场里种了胡萝卜、荔枝、紫甘蓝,农场在网上。半夜胡萝卜、荔枝、紫甘蓝总丢,一个叫乔修庆的人偷菜次数最多,他几乎天天偷,偷了五个月。她觉得好玩,可乐。她在农场的聊天框里对乔修庆打上一行字,为什么总偷我的菜?就这样相识了。彼此加了QQ,有空时,就打字聊天。乔修庆幽默风趣,一说话就说到她心坎里。天天聊,越聊越觉亲近。常常,不由自主坠入遐思,才下眉头,却上心头。

前些时,乔修庆说,嫣,给你说个事儿。林嫣说,好。乔修庆说,很难说出口。林嫣说,和我说,还难说?乔修庆说,父亲病了,钱不够,还差一万元。林嫣说,你别急,我想办法,今天给你汇过去。

林嫣怕乔修庆着急,立即想办法筹钱,当天便将钱汇到乔修庆提供的账户里。

林嫣又梦到乔修庆了,梦里,乔修庆的笑脸是那样迷人,醒来,让她流连忘返。上QQ,林嫣又对乔修庆打出那句话,想见你了。乔修庆仍然回复,忙。林嫣说,我若说去找你,你会怎么想?乔修庆沉默很久,乔修庆终于打出一行字,来吧。她回他一个笑脸。他说,到时,我去车站接你。林嫣给他发个带着花儿的小企鹅,小企鹅又蹦又跳,欢快极了。

林嫣新买一套衣服,新做一个发型,新买一双鞋,她计划着见他时,全身都是新的,不沾染一丝尘埃,就像她心底纯净的爱情。穿上新衣新鞋,梳好头发,坐上高铁。就要相见了,林嫣的心都醉了。坐三小时车,就要到了。她给他发去QQ说,半个小时后,车到站,你在哪儿?乔修明回复说,我临时有急事,不在这个城市了,要好多天。要不,你先回去吧。

林嫣听到心里扑通一声,就像巨石落入深潭,继而,砸起数丈高的银白水花。林嫣不想回。不回，又能去哪里？下车，站风中，她捂住眼睛，手很快湿了。水珠渗出，被风扬起，继而，风将水珠撕碎，洒满她全身。

林嫣掏出手机，QQ上，对乔修庆说，我来了，就不走了。我非要见到你。

乔修庆没有回复。

林嫣说，你去几天？我在这里等你。或者，我去找你？

乔修庆没有回复。

林嫣说，既然约好见，为什么又失约？我很生气。

乔修庆没有回复。

林嫣说，修庆，我喜欢你，你不是也说很想见我，很想很想？

乔修庆依然没有回复。

有一瞬间，林嫣的脑中闪过三个月前乔修庆的话，他说，嫣，还差一万元。她的心底起了雾。她使劲地甩头，想冲散那雾气。

现在，去哪里呢？她感觉心神恍惚，不知怎么的，她就站在乔修庆生活的小区，发呆。突然，眼前出现一个人，那不是青春阳光的乔修庆吗？她定定睛，没错，是他。她没能忍住，眼泪滚落。他竟没有离开S城。乔修庆没有看见她，朝左边的路上一拐，走了。

林嫣转身就走，她想，她要回去了。走了几步，又折回身，她撵上去，喊一声乔修庆。乔修庆依然朝前走，情急中她拉住他的胳膊。他转头，认出她，他惊慌地望着她。他无处可逃。他掏出手机在QQ上打出一行字，对不起，本想凑够了钱，见你时还你。可是，还差六千元。说着，他从口袋里掏出一沓钱，递给她。林嫣说，我都站你面前了，你还在QQ上说？乔修庆又在QQ上打出一行字，小时候得肺炎，吃一种药，耳朵聋了，听不到，也不能说话。林嫣被震到了，突然就明白，他为什么躲着不见她。

震惊难过之后,冷静下来的林嫣不生气了。她挽起乔修庆的手臂,凝望他的眼,羞涩的微笑挂上她的唇角、眉梢。乔修庆看着她的脸,他感觉她的眼睛在对他说,我就知道,你爱我是真的。你告诉我啊,你告诉我啊。

刹那间,乔修庆的脸颊被林嫣的羞涩染红了。

文 身

如果没有与他相遇,她的人生绝会不同。

与他相遇以前,她刚去小学不久,做音乐代课老师,学生们很喜欢她,校长很器重她,她的日子中规中矩。

那天,她去赴女友的生日宴,遇到他。他原来学画画,后来,做了文身师。

他兴致盎然地讲文身的各种图案、色彩、线条,她看出他对文身的热爱。觥筹交错,他已微醺。大家谈起感情,他说,他设计了梵文文身,象征爱情地久天长。等她出现,只为她文。

宴会结束,她期望他送她回家,他却没有。

竟然,她越来越抑制不住,对文身店的好奇。那天她给学生们上完课,走在花径里,花香阵阵扑来,阳光将红色的花瓣照出金色的光泽,她不由地想,这么好的时光,莫辜负。她打他电话,向他询问文身店的布局,文身的程序。末了,她说,我想去你们那里看一看。

他问,想文身?来吧,总有一款图案,你喜欢。

她去他所在的文身店,他正在给一女孩文身。在小腿外侧,文一支莲。粉色的花瓣,绿色的茎秆。她问女孩为什么要文?女孩说,摔了,留下疤痕。她细看这支莲,却怎么也找不到疤的痕迹,只有莲,亭亭玉立,典雅致极。

再看他,竟觉他如此高贵,一个将伤痕化为美的人,让她忽然之间心神恍惚。

给女孩文罢,她注视女孩自信的背影,袅袅离开。他虚着眼神微笑问,你想文什么?她不知如何作答。他找来一本绘本,她翻看他的画作,一页页,流连忘返。末了,她说,她想要的文身,他还不会文。他失笑说,拿出来看看,或者说出来听听。她说,以后吧。

从此,她迷上文身。她收集各种与文身有关的资料,即使走在街上,也会留心,商铺的名号,有没有与文身相关的字眼。

却只去他所在的文身店,和他谈笑,帮他递递工具,有时开起玩笑,也说,请他收她为徒。他只浅笑,并不收她。问他为什么,他淡然说,你是老师,你和我们不同。

是的,不同。她给学生们上完课,走在花径里,终于想出了有什么不同。工作之外,她会安静地待着,读读书,看看碟,听听音乐,唱唱歌,日子静水流深。而他,会去夜店,会和朋友们相聚,喝酒,划拳,及其他诸如此类。

一个午后,吃罢饭,她和母亲一起,在厨房刷洗。她说,妈,我想辞去工作,去唱歌。母亲说,做音乐老师就是唱歌,多适合你啊。母亲当她是疯了,但依然轻声轻语安抚她。

母亲要说服她,并不容易。母亲讲得口干舌燥,她依然不为所动。母亲发了火,说,这事必须听我的,没有商量余地。

她不听,仍然辞了工作,为他。

他常去的夜店里，她成了歌手。她怯怯地看着夜店里的装饰，顾客，酒气，喧嚣，灯光。音乐来了，她便展开婉转歌喉。

　　他走进来时，她第一眼便看到他。她唱着歌，灯光闪烁，她故意眯起眼，让人看不到她的眼神。她的目光便跟着他走。

　　唱完歌，倚吧台，坐至他身边。他吃惊地问，你怎么在这里？她说，我不是老师了，我是这里的歌手。说着，要杯酒，举起。灯光在酒杯上闪烁，酒水流光溢彩。她笑看着他，一饮而尽。呛得大咳不止，汪出两只神采奕奕的泪眼。

　　一年半之后，她对他重提要文身。他问她，想文什么？她笑一笑，低头不语，似若有所思，又似无所思。他伸手，轻轻将遮住她眉眼的长发别至耳后。轻言轻语再问，想文什么？她说，随便你文什么？他帮她褪去外套，露出雪白的手臂，他手拿工具，笔走龙蛇。她的上臂，出现漂亮点点，不同的色彩，落在雪白的肌肤上。她感受着针刺的阵阵酥麻，抿着唇，浅浅地笑。

　　文好了，他问她，喜欢吗？她说，真美。她问他文的什么？他说，梵文。她说，这么漂亮，给我闺密也文个？他便撇嘴，说不文。她追问，为什么不呀？他说，这么美，我在世上只文一个，它是我的唯一。她幸福地笑着，泪却在顷刻之间，喷涌而出。

　　她叛逆似的选择，母亲始终不能接受。母亲说，为了一个男人，走向歪路，你好好想想，值得不值得？她说，妈，怎么会是歪路？我很庆幸我的选择。我所走的，正是我想要的，多姿多彩的人生。

人　生

　　她是90后，三年前进入航空公司，成了空姐，半年前，升为乘务长。她热爱空姐这个职业，给乘客带来温暖，让难缠的顾客满意，这些让她产生莫大的成就感。让她不安的是，因繁忙，与男友聚少离多。

　　情人节之夜，一架波音747飞机，缓缓降落。飞机到达的时间是晚上七点三十分，没有时间再去准备其他礼物。她的右手擎着一支玫瑰。男友在等着她呢，想起来，心里就涌起暖意。

　　她敲门，一只手背在身后。她想让他先看到她，然后再看到玫瑰。门开，她却先看到一束玫瑰，玫红色的，鲜艳欲滴，怒放着，是她喜欢的颜色，然后，她看到男友，走进室内，她看到桌上摆着晚餐，还有一瓶红酒，两只高脚杯。

　　她悄悄把她的那支小小的玫瑰掖进包里。面对他的郑重，她从飞机上带回的一支剩玫瑰，让她觉得愧疚。

　　男友启开红酒，将酒倒入高脚杯。

　　这情景触发了她心底的向往。近来，她喜欢上一种仪式，倒上两杯红酒，许上一个愿望，碰杯，然后，一饮而尽。她认为，这样，许下的愿望就必定能够实现。这个想法，在她心里埋藏已久。

　　之前，他并未对男友吐露过她的想法，现在，男友恰巧准备了这些，让她感觉男友与她真是心有灵犀。

　　她说，你对红酒许愿，你的愿望就在你的红酒里了，我也对红酒许愿,我的愿望就在我的红酒里了。咱俩碰怀,交换酒杯。你把我的愿望喝到心里,我把你的愿望喝到心里。这样,咱们的愿望就一定能长在对方的心里了。

男友很喜欢她的说法,就合上手掌闭上眼睛许愿。他俩把红酒举至空中,两杯相碰,叮当作响,好听极了。她的红唇碰到酒杯,正要一饮而尽时,手机铃响。她说,糟了。

是公司打来的,她对男友说,有飞行任务。再过六个小时,起飞。男友知道他们公司的规定,起飞前八个小时,不能饮酒。何况她还是乘务长。

男友端起她的高脚杯,一饮而尽。她端起男友的高脚杯,好久了还端着。

喝了吧,就一杯。男友说。

她说,喝就喝。

可是,她只是手指捻着杯底的圆柱转动着酒杯,盯着杯子里的红酒专注地看,似乎想把男友的心愿吸出来,全吸进心里去。

男友从她手中拽过酒杯,一口喝干了。男友说,你可以这样想,我就是你,你就是我,所以,我替你喝了,和你喝了是一样的。

她看着男友,男友看着她,不说话,有一种情感在他们的眼睛中间搭起了一座桥。有无数只相思鸟在桥面上鸣叫,飞舞。他们的心似乎瞬间像棉花糖一样融化掉了。

匆匆吃了点晚餐,她就要回去,因为要休息好,尽可能保持充足的睡眠,以保证飞行中的服务质量。

可是,男友却要她留下过夜。她羞涩地笑,开始向外走。男友说,别忘了,上个月我们已领了结婚证。她微笑着继续向外走。男友说,下个月我们就要举办婚礼了。她仍然笑着,此时,她走到了门边,防盗门被她拉开了一条缝。

男友问，你不想知道我刚才的心愿吗？她笑问，什么？男友紧走几步，附在她耳边低语，希望你今晚能留下来。男友拉住了她的手臂，她轻轻甩开了他。她说，再等一个月。他说，我不等。她说，就要你等。他突然烦躁极了，丢下她向卧室走。她关了防盗门，跟至卧室门口。他问，你想通了。她说，我可以不走。可是，我们不住一起。他恼了。任她说什么，他再不理睬她。

两个人各住一个房间，男友一夜无眠，直到天快亮了，他才蒙眬睡去。

清晨，她给他熬了小米红枣粥，煎了两个荷包蛋，炒了苦瓜牛肉，还备好了小馒头。走至卧室，看着酣睡的他，脸上似乎还有些许的不愉快，她轻轻地在他脸上吻了一下。

几个小时之后，男友醒了。看到桌子上的早餐，他的心里一热。他一边吃早餐，一边打开了电视，电视中正在播放新闻。

播音员说，两个小时前，某某航班失事坠落，飞机上驾乘人员全部遇难，无一幸免。他希望他听错了，但是，他没有听错，某某航班，正是他的乘务长女友服务的航班。

暗　恋

在大学的一天傍晚，上完一节大课，安永轩和荔枝一起走出教室，一会儿就走到了湖边，湖边的空气很湿润，吸入身体，很舒适的感觉。安永轩对沈荔枝说，荔枝，你觉得周莹莹怎么样？荔枝握紧了手，只觉手心忽地生出很多细汗，湿答答的。安永轩继续神往地说，我看见她会心跳，和她在一起很开心，你说，我是告诉她好呢还是不告诉她好？

这时候，他们走到了一棵柳树边，柳条挡住了沈荔枝的眼睑，眼睛似被蜇了，猛地抽搐一下，她也并不觉得。沈荔枝心里恍如倒入热油，只是一味地翻腾，难忍。她低着头，不敢抬眼看他。安永轩继续问，荔枝，你说，她会不会接受我呢？

沈荔枝极力控制情绪不流露出来，不觉间，已拽下一片柳叶，用拇指食指和中指将其揉碎了，她说，你想告诉她就告诉吧，试试看。

沈荔枝和他来中国留学已经三年，三年来还像在越南国内读高中时一样，一起上课，一起聊天，一直相互陪伴。沈荔枝想起高三时，安永轩说要去中国汝州留学，她不想和他分开，她向爸爸妈妈争取，说想去中国汝州留学，得到支持，她很开心。他们又走进中国同一所学校。几年来的相处，沈荔枝对他着迷了，可又不敢告诉他。安永轩到底爱她呢还是不爱？她弄不懂这个。如果不爱，她对他表白，那岂不是连朋友都做不得了？她喜欢和他在一起的感觉，她害怕不能在一起。何况，她是女孩，她当然还认为，男孩子要勇敢要主动才对。

可是，安永轩就要向周莹莹表白了，这是怎么一回事呢？周莹莹会答应他吗？不要紧的，荔枝想，再有一年，就要回国了。周莹莹是中国女孩，她不可能随他去越南，而他也不可能丢下父母留在中国。所以，安永轩最终还会回心转意，回越南后，永远和她在一起。

可是，即使这样想，依然不能让沈荔枝心里平静，他怎么能不顾她的感受呢？他怎么会不理她的开心与不开心呢？他就这样告诉她，他喜欢上了另外一个女孩子？忽然，荔枝心里一动，他在试探她呢？他胆小，想让她向他表白？荔枝心里有些埋怨，你到底是男孩子吗？男孩子要主动的，怎么能让女孩主动呢？怨总归怨了点，可是，如果不告诉他，她喜欢他，他会不会很失望呢？

这一天，安永轩叫荔枝去上课，他们常常一起去上大课，坐在一起听课。可是这一次，和平时不同，既然他想让她表白，那她就真的想向他表白了。她说，我选择和你一起来中国汝州大学，难道你不明白是怎么回事吗？那时候，我已经喜欢你三年了，我就想和你永远不分开。

他说，我还以为，你就是喜欢中国才来中国的。

她说，难道，你就对我没感觉吗？他说，有，高中时，就喜欢你，我喜欢你陪在我身边。记得吗？那一次，你在教室里写作业，我拉你看我打篮球。我打篮球，你就在球场上写作业，你让我很开心，我喜欢你陪伴我的感觉。可是，我们来中国这么久了，你从来不说喜欢我，我也不敢说，怕你拒绝。日子久了，你还一直这样，我觉得你不喜欢我，只把我当朋友。所以，我就不再敢往那方面想了，渐渐地，就放下了。一年前，我注意到周莹莹，现在，我已爱上她。

沈荔枝说，她不一定会喜欢你呢？

安永轩说，莹莹已经答应做我女友，今天叫你一起上课，就是想把这事告诉你。

沈荔枝突然意识到，她真的要失去他了。可是她到底还是不愿相信。她心里暗想，他终究是要回国的，等他和她一起回了国，他还会是她的。

一年来，她看着安永轩对周莹莹的好，两人越来越亲密。就要毕业离开中国了，沈荔枝一边准备毕业考试，一边打点回国事宜。她打电话联系安永轩，问他回国的事准备得怎么样了？他说，不回了，最近在找工作，我要留在中国了。

在爱情与理想之间

让男友周栎树离开支教的山区小学，回到千里以外，生她养她的大都市，成了石竹心心念念的向往。

期末考后就是暑假，石竹一年的支教志愿者生活将要结束，周栎树呢？两年的支教志愿也将结束。他们的恋爱，才刚刚拉开序幕。石竹说，如果说服蒋小小父母，让她上学，你就和我回去。蒋小小已满八岁，周栎树用将近一年的时间，也未做通蒋小小父母的工作。他心情复杂地抱抱石竹。石竹贴着他的胸膛，双臂蛇一样缠绕他的脊背。他感受到，与他一起回去，成为石竹心底最深切的期许。

一听说蒋小小打工的父亲回家，他俩就去家访。蒋小小正将猪食倒进猪槽，看猪哼哼着拱食。蒋小小的父亲，正在院里用石头将木楔砸进松动的锄头铁箍。父亲说，别看她小，两头猪养得肥实着呢！父亲的嘴角含着骄傲。周栎树已经讲得口干舌燥，他说，如果因为家里困难，学费我给出了。父亲笑说，不差上学的钱。她在家也能出个力。石竹用手轻轻抚摸着蒋小小的短发问，小小，想不想上学啊？你告诉爸爸呀！八岁的蒋小小就哭了。她说，爸，我想和他们一样去上学。蒋小小哭得收不了尾，哭得头发丝乱纷纷粘满小脸。把父亲的心哭软了。父亲对小小说，乖，上学。蒋小小破涕而笑。

石竹多次对周栎树提起回去之后，他们怎么工作，怎么生活。

忙着批改学生作业的周栎树总是嗯嗯嗯地应着，心思似乎全放在学生的作业里。石竹的眼神就开始有些恍惚。石竹将目光从他手边堆起的作业本上移开，移至窗外。窗外，除了山还是山。偌大的山石上，落下一只翠鸟，显得那样孤单、凄清、寂寥。

放暑假了，石竹收拾好行李箱，去看周栎树收拾得怎么样了。宿舍，安安静静，没有一点临行前的忙乱。他说，想留在学校继续支教。石竹问，你还要待多久？他沉默。石竹说，回去后，我们有条件了，可以用其他方式帮助孩子们。周栎树说，不是物质的事，是观念。改变一对父母的观念，就可能改变一个孩子一生的命运。石竹闭了眼说，那就分手吧。石竹虚空的声音在空气中久久盘旋，将她和周栎树的目光注满忧伤。

暑假过去了，石竹又出现在这所山区小学。周栎树感激不已。蒋小小入学了，石竹成了蒋小小的老师。

有时，石竹会突然问周栎树，未来你的小孩会在哪里上学呢？周栎树就会将目光从学生的作业上移出，望着桌子角出神。他答应石竹，一年后，和石竹一起回去。教课之余，他仍把大量时间用到家访上，收集适龄孩子们的信息，辍学孩子们的信息，说服孩子们的家长，让孩子们走进外表简陋却内在丰富的学校，开启新的人生征程。

一年又过去了，周栎树对石竹说，从三年级开始，这一班孩子我带了三年，孩子们要升六年级了，我把这班孩子带毕业，我们再走吧？石竹被他突如其来的话弄得哭笑不得。石竹听得出来，他又要留下了。这个男人真是让石竹又爱又恨。石竹想强行带走他的行李，抑或彻底放弃他。但，石竹没有。石竹早已不忍。

石竹再次告知父母要留下来。父母问，难道你要和他一起在那个偏僻的半山坡上生活一辈子？石竹很迷茫。

周栎树带的一班孩子,全部考进镇里的重点中学,在这个山区,是件极轰动的事情。这次他终于答应石竹,离开这个小学。

　　暑假里,他俩成家了。家不在她生活的大都市,而在离这个偏僻的山区最近的城市,他俩在家里办了个小学生辅导班。

　　明艳的阳光照进小小的教室,也照进孩子们的生活。辅导班里已有三十二个孩子,其中有五个孩子还和他们住在一起。石竹给孩子们讲课、做饭,和孩子们一起生活。这五个孩子里有一个叫蒋小小。蒋小小的父母希望孩子能够继续跟着他们。另外,还有一些留守儿童的家长带着孩子慕名而来。

　　那天,给孩子们上完早读课,周栎树与石竹面对面而立,金飒飒的朝阳映红了他俩牵着的手。她说,是支教成全了我俩。他说,是我俩成全了支教。两人相视而笑,眼里波光潋滟柔情似水。

爱之花

　　如果你突然发现,与你深深相爱的男友不信任你,你会怎样?

　　90后女孩顾嫣就正被这个问题深深困扰。

　　起因是一张纸。两人走在街上,渴了,买水喝。林源手插裤兜一掏,将钱付了。顾嫣看见从林源裤兜掉出一张折叠着的纸。林源回头将水递向顾嫣,乐呵呵地问,嘿,看什么呢?

　　顾嫣困惑地问,汇款单?你的?

　　顾嫣出生在城里小康人家,亲戚朋友离得都不远,所以,并没有见过汇款单,只是读着单上的红字,一时间,心里懵懵地,没弄明白是怎么回事。

林源手里的水"吧嗒"掉地上，林源也不管，一把夺过汇款单揉皱，塞进裤兜。

本来，看汇款单时顾嫣并没当回事，可是，林源激烈的反应，让她起了疑。林源自小同爷爷奶奶生活。爷爷奶奶在他二十岁前相继去世。老家几乎没了亲人。那么这是给谁汇的哪门子款？难道另有她不知的女孩？想到这里，顾嫣脸都绿了。

顾嫣把水捡起，拧开瓶盖，冲林源扬了扬说，信不信我把水从你头上浇下去？林源急忙往后一跳，嘟哝说，没这么严重吧？顾嫣问，汇款单是怎么回事？林源说，给亲戚汇的。顾嫣再问，林源就死活不开口了。顾嫣气极，甩下林源，独自走了。

顾嫣本有点小娇横，忽遇这事，感觉受了天大委屈，林源怎么联系她，都不理。三天后，顾嫣才接林源电话。顾嫣问，我为什么不理你？林源说，因为给亲戚汇钱？顾嫣啪地挂断电话。一周后，第二次接了电话，问，我为什么不理你？林源说，因为我没有信任你？唐嫣说，那你以后，有什么大事都得和我商量。林源说，好好好。那，给亲戚汇钱，你同意了？唐嫣说，我什么时候答应了，美得你？

顾嫣问汇钱理由，林源答了。

原来，已离开林源二十一年的父亲，半年前，和林源有了联系。这顾嫣知道，顾嫣不知道的是，林源与父亲聊天，无意中得知有个弟弟，同父异母。弟弟是脑瘫，不能走路，智力停在五岁。父亲的钱，都给弟弟治病了。还在治疗。林源心绪难以平复，最后决定，今后将每月工资的一半汇给弟弟治病。已经汇过三个月了。

顾嫣心乱了，只喃喃说，怎么会这样呢？

一日，林源约顾嫣去看电影，顾嫣却拉林源进了邮局。顾嫣说，你填单，我没填过。林源又懵了，问，填什么单？顾嫣说，当然是填给弟弟的汇款单了。林源的嘴突然咧开合不拢，说，这月工资已汇走一半，再汇，我就得喝西北风了。顾嫣从包里取出一小沓一百元钱，说，我的工资也汇一半，给弟弟。

填完单，顾嫣又说，以后，每月，我们一块儿汇款。你可记好，别忘了，还有我。

无花果之恋

莫远站在杭州市的人行道上，茫然四顾，内心一片苍凉。再也无处可寻，怎么办？路边的那个牌子上写的是派出所吗？他咬着唇边，走进去。莫远递出手里的纸片，纸片上写着一个名字，名字后有一个古老得已不存在的地址。他说，请你们帮我查一下这个人。他接着说，他是我的亲生……父亲。

两天前，病房里，消毒水的气味顺着鼻翼往里爬。莫远伏在母亲病床边，眼眶蓄泪，给母亲一个微笑。母亲把瘦骨嶙峋的手当梳子，含笑一下一下给他梳理头发。两人都不说，心里却明了得很，母亲得了胃癌，挨不了几天了。

母亲说，二十二年前，她们村里来了一批知青，其中一个男孩和她哥关系渐渐好起来。男孩第一次到她家时，她刚洗罢澡，散着湿头发。绿蓬蓬的无花果树下，她站在凳子上，踮起脚尖，向下拉无花果枝，手伸向最红的无花果，却差一指头，怎么也够不着。

他走进院子,一眼瞅见她,发呆。然后,他指着阳光里红得发紫的无花果说,要那个?我来摘。他一个助跑,在无花果树下弹跳起来,等他的脚尖落地,紫红的无花果抓落进他手中。熟透的无花果软泥似的,被捏得稀烂。她望着他手掌里挤成一团的无花果籽,笑得弯下了腰,笑得流出了眼泪,笑得捂着肚子喊,我的娘哎。

虽然第一次见他,她却觉得他像和她一起长大的小伙伴,他说什么或做什么,她手里都有一盏明镜似的,一下子照彻了他,而他仿佛也如她懂他一样懂得她。她平生第一次产生这种奇异的感觉,于是,再见他,她的双腮就有了胭脂红。

他开始经常到她家里来。他勤快得很。缸里的水没了,他忙找来扁担、水桶,一摇一晃地挑回来。家里的柴烧完了,他忙和她哥一起去后山拾柴背回来。闲下来时,他们就坐在无花果树旁,哼有滋味的山歌,吃甘甜的无花果,说天南海北的笑话。

渐渐地,他俩开始喜欢甩掉哥哥,单独相处。

第二年,无花果树上又开始挂果,他来到她家。她正在灶台前烙大饼。他直通通地说,接到一个电报,父病重速归。我得赶紧回杭州。

长长的弯弯曲曲的山间小路,她送他。她问,你走了,还回来不?他说,回。我一定回来,你就是我的家。她说,你骗人吧?他说,如果我不回来,就让我像为你摘的第一枚无花果,被捏得粉身碎骨。她笑了,然后,又红了眼眶,捏着他的手指说,别乱说话。她问,你什么时候回来?他说,等第一枚无花果变红的时候,我就回来了。

她天天站无花果树下向上望,第一枚无花果红了一个尖,红了半边,红了整个,红到发紫,他没有回来,她却发现她的肚子在不断隆起,这让她更加惊慌失措。半树无花果红了,她还在期盼。

一树无花果全红了,他仍杳如黄鹤。她哭得眼睛像粉色的桃子。她躺在炕上整整八天才起床。后来,她听哥说,半年后,他回来找她,她已出嫁,在一个很远很远的村子。他们再没有相见。

母亲的枕头芯里,有他的名字和地址。是他最后离开时托哥捎给她的。母亲对莫远说,他是你亲生父亲,要是你以后有困难了,到杭州找他。

生父听了莫远的话,流了满脸的泪,他拥抱莫远。他说,我的儿子。原来我有儿子!生父告诉莫远,那一年,他回到杭州,一个多月,爸爸就去世了。按照规定,他顶了爸爸的职。半年后,他说服妈妈接受她。他坐了一天火车,回到无花果树下。她哥却告诉他,她嫁人了。他说什么也不信。他住下来,一家一家找,一村一村寻。他找了整整三十天,找得蓬头垢面。最后,他回了杭州。多年来,他也接触别的女人,可他总是在念她,放不下她,至今仍一个人生活。

莫远找生父,只是想让母亲有生之年再见生父一面,他想,这也许是母亲的心愿。

坐一天火车,他们赶到医院。生父提一袋熟透的无花果,三步并作两步走到病房前。莫远看见生父身体微微颤抖。他缓缓推开病房门,只见护士,正拉起白被单,将母亲洁白的脸盖得严严实实。

下班先回家

娟子跟随高楠,去郊外偏僻处居住,气定神闲。高楠定神看娟子,天然去雕饰,清水出芙蓉,心生欢喜。高楠一条腿迈过门槛,说,我走了。娟子手把门框,笑模笑样,望着高楠走远。

高楠,娟子喊。

高楠回头,看娟子。

娟子说,下了班,就回来。

高楠说,一定的。

这是娟子到郊外后,第一次送高楠上班。

高楠下班,换了工作服,吸了一支烟,洗个澡,回家。见娟子正手扶门框,站在门口,对他盈盈笑。娟子说,累了吧?饿了吧?开饭了。高楠坐椅子上,吃口菜,筷子停半空,说,嗯,这好吃,香。娟子松了紧绷的神色,笑说,好吃就行。怕你今天不想吃这个呢!娟子捡菜,放嘴里,细细地嚼。

日子似流水,潺潺淌过时间的河。高楠一下班就回家,一回家就吃饭,吃完饭,有时和娟子一块出去逛逛,有时高楠单独出去,和朋友们聊聊天南海北,有时娟子一个人出去,和能见到的熟人说说话。

房前两棵杨树中间拉一根尼龙绳,娟子把衣服一件一件晾上去,拉拉高楠的衣袖,抻抻高楠的衣襟。哎呀,娟子突然叫一声,拍拍额头,急忙回屋看看手机。

高楠快回来了。娟子盘算时间,还够用。娟子到灶房淘米洗菜。高楠爱吃蒸得有点干的白米饭,就着青椒炒肉丝,或者,排骨炖土豆。肉不需多,只是点缀,把肉味儿浸入青椒或者土豆里就成。娟子做得很拿手,高楠吃得可香了。

菜装盘摆桌子中央,米饭盛碗里摆桌边,筷子搁碗沿上。好了,娟子看着桌上的饭菜,满足地想,就等你回来吃了。再有两分钟就到家了吧? 嗯,或者再有三四分钟就到家了。

娟子站门边,手把着门框,望远处。这郊野,人烟稀少,连树木也稀少,地上的石块倒是不少,疙里疙瘩,看着都脚底疼,高楠却要踩着这条路回来。累一天,回家,连个平路也没有。娟子长叹一口气,没办法呀,高楠非要干这个,说是收入高,要给她创造好一点的生活。娟子想着,脸上就浮出笑模样。

娟子的腿站得有点麻了,还没看见高楠回来。她活动活动腿,走到桌子边,撩一口菜尝尝,菜都凉到没一丝热气儿了,怎么高楠还没有回来呢? 会不会有什么事? 不会有什么事。怎么会有事呢! 娟子被这念头吓一跳,刚问了自己,又匆忙自己回答了。

又过半小时,还没见到高楠的影子,娟子有点急了。她回屋,看枕头上搁着高楠的手机。她给刘生打个电话,给李锐打个电话,给张缭打个电话,都说没和高楠在一起。娟子把手机反过来扣枕头上,朝后壳捶一拳,又捶一拳,口里叫着,我叫你不回来,我叫你不回来。

又过一个小时,高楠还没回来,娟子就哭了。她趴在床头,哭得很厉害,仿佛高楠已经从她小小的世界里消失了一样,已经从地球大大的世界消失了一样。她哭得流出鼻涕,鼻涕堵住呼吸,她只好站起来,打开水龙头擤鼻涕,洗脸。

她重新走到门边,手扶门框,向远处看。这时候,她看到高楠。高楠一边朝她走,一边说,今天有什么好吃的,饿死我了。娟子看见高楠,心里一颗石头落下了。

她问,你去哪了?

高楠说,和朋友聊天去了。

你怎么不回来和我说一声再出去。

高楠说,我忘了。不过,没那么重要吧?

娟子听见高楠这么说,鼻子又发酸了,她连饭也不吃了,又趴在枕头上,嘤嘤嗡嗡哭起来。高楠说,好了,我以后一下班先回家。娟子抬起头,看了高楠一会儿,正色说,必须。要不,我走。

高楠笑了,说:有那么严重?

娟子说,你一下井,就是十二个小时。下煤矿,地下几百米深的地方,又不带手机,带了也没信号。你一回来,我就知道你上来了,你不回来,谁知道你是上来了还是在底下? 谁知道你是有事了还是没有事?

高楠不笑了。高楠心头一震。

娟子说,你以后,下班了,必须先回来说一声,让我知道你上来了。然后,你爱到哪里去就到哪里去。爱玩多久,就玩多久。

有些事不想让她知道

一

夜漆黑，我攥着手电筒，在脚前照出圆形亮光，我走，灯光也走，灯光走，我也走。我想去看看他工作的样子，可他总说，没啥好看的，别看了。

他不让我看他，肯定有他的原因。所以，我总是在我们争论到最后时说，好，不看就不看。然后，我就攀在他肩头笑他无端而来的紧张。他为什么紧张？难道有什么秘密？我不猜疑他，可是，我还是想去看他。哪怕就看一次。

走在夜路上，我忐忑不安。路上听得到零星的狗吠，天上有弯成一线的月牙，稀疏的轮廓，模糊的星星，地上有凉浸浸渗入头皮的微风。走过这段路，我就能看到他工作的模样。他会不高兴吗？我不想让他不高兴，越向前走，我的不安越重。

到了煤矿，大厅很安静，听得到我渐重的呼吸。今夜，我穿他最喜欢的红夹克，头发高高束起，破天荒穿上高跟鞋。嗒嗒嗒，尽管我把脚轻抬轻放，还是发出荡气回肠的回声。仿佛我所在的不是大厅，而是四面环山的谷底。这气场让无助瞬间袭来，我的眼泪开始汩汩向外流。我的食指竖在睫毛下，从鼻翼抹至脸颊，手指立即水淋淋。

我看到了矿车的轨道，离他出煤矿还有五分钟。还是不要看了吧。我回转身,嗒嗒嗒走出去。夜风如水,吹凉了我想看他出矿的心思。

二

从矿车里下来,我还蒙着眼。不用看路,我的每个行为都会准确无误。我在这儿工作两年,我熟悉这儿的每一块地面,每一个窗口。我摘下手套,矿灯,自救器,搁进窗口。手套早被煤灰渗透,手背手心满是煤灰,看不见肤色。

进了更衣室,我顺墙滑下蹲坐地上,这样的坐法让我舒服。我点燃一支烟,吸一口,吐出袅袅烟气。一吞一吐减轻了我的疲惫。摁灭烟头,我脱下穿戴:一抖就扑簌簌掉煤灰的外衣外裤,绝缘的棉衣棉裤,棉袜,胶鞋。三百多米深的矿井极阴冷。洗了澡走出来时,我已经和平常没什么不同。

三

在门外,我看见他走出来,他精神焕发,皮肤白皙,穿黑 T 恤,蓝牛仔裤,头发湿漉漉。我冲向前挎住他的胳膊。他说,你怎么在这里?我说,还是没看着你出煤矿时的样子。他说,别看,没啥好看的。和我现在差不多。我说,那你为啥不让我看?他说,只是有点脏,又没有现在帅。

我笑了,我将脸贴在他的肩膀上走着夜路。夜漆黑,我攥着手电筒,在脚前照出圆形亮光,我们走,灯光也走,灯光走,我们也走。

从矿车口走出来时,我就明白他为什么不想让我看到他出煤矿时的模样。他的模样和现在完全不同,是疲惫,是肮脏,或者他会觉得自己狼狈。

我宁愿他相信我只看到了他光鲜的模样。其实,后来,我又走了进去,我躲在一边。我看到他走出来,他的脸,他的脖子,他的手,完全是一个黑不溜秋的煤黑子。他的眼睛非常疲惫,我从未见过疲惫到这种程度的眼睛。我咬破了嘴唇。

四

虽然我怪她不该黑灯瞎火来接我,可我还是很高兴一出来就看到她。还好,她只是在门口等我。看到她,我心安。她不知道,今天,我向煤梆上挂电缆,听到咚咚咚的闷响。我们经过培训,听到这样的响声,是煤梆要塌了,需要立即离开煤梆。我急忙冲向一边,于是只听一声巨响,几百吨的重量倒下来。几百吨重,如果,我晚跑几秒钟,现在,我就是一堆肉泥。

我和她相依相偎,轻松说笑着,向前走。有些事,我不想让她知道。

独生女的爱情

她是独生女,家住某市被戏称为富人区的小区,150平方米的房子里住着一家三口,朝阳,落地窗,装修雅致漂亮,家电一应俱全,都是当下极为先进的。她在某艺术院校读大四,再有三个月就毕业了。男朋友和她同系不同班,忙着寻找毕业出路。

学校餐厅,闹嚷嚷的,她和男朋友挨肩坐着。她用勺子优雅地舀着碗里最后的一点汤,他也吞下最后一口肉包子。他关切地看着她的眼睛问，饱了没？她说，嗯，我们快走吧。她站起来，爱恋地看他一眼，伸手擦去他残留嘴角的一粒包子渣。他也站起来，随她走出餐厅。

学校餐厅外边，太阳升过了树梢，照耀出一片金色的校园。男朋友慢吞吞地不愿向前走。她回头说，快点呀！男朋友说，要不，别去了吧？她有些生气地说，都说好了，你又想变卦。他不出声了。他仍然慢吞吞地向前移。她走几步，就停下来等他一会儿。她知道委屈了他，他能答应和她一起去把已经交了的申请当兵的表格拿回来，她已经非常满意了，所以，她按捺着心里的火由着他。他三步一停的样子令她着急，毕竟他跟着她走在去拿回表格的路上了。只要再走五分钟，找到收了表格还未上缴老师的班长，把表格一取回来，她所有的担心都将烟消云散了。

随着和他在一起的时间越久，她对他的情感越来越浓，忍不住想要时时地看到他，听到他，闻到他，摸到他。

记得去年初秋的一个周六，她在学校餐厅洗了澡，穿上那条他说特别漂亮的短裙子，她还淡扫了娥眉，浅涂了樱唇。她举起他送给她的圆镜子，照了又照，又把眉毛修了又修，口红擦了重涂。最后，她坐下来，用手机给他拨了个电话，她想等电话一响，就约他一起出去，逛公园，逛书店，逛商场，随他挑选，干什么都成。

手机铃声戛然而止，他没有接听。她纳闷了，怎么回事呢？她重新拨过去。没接。又重新拨过去，还是没接。她的心慌得厉害，她从来没有过不接她电话的情况发生，那么，他是出了什么事吗？她慌张地跑到他的宿舍找他，寝管说他不在。她站在男生宿舍楼前，一个又一个地拨打他的电话，他依然没有接。现在，在男生宿舍楼前，她的腿已经酸了，她按手机的手指已经有些不听使唤了,她的眼睛已经瞪起来了,她心里的愤怒由少到多,一点点地累积起来,已经有一座山那样高了。她重新回到自己的宿舍,继续打电话,她一会儿担心,一会儿愤怒,一会儿流下眼泪。她觉得,她就要崩溃了。手机突然响了,是男朋友打来的。她急忙接起来,她说你没事吧?他说,有什么事?在打篮球呢。他说,你真行,两个小时,打了一百三十八个电话。她说,我打那么多,你却连一个都不接,以后别想我理你。她啪地挂断了电话,任他电话,短信、微信、QQ,就是不再睬他。

秋风凉,他在她楼下站到十二点,也没能得到她的原谅。第二天,一睁开眼,他就给她发短信,说,我醒了,以后我每天做什么都给你打个电话告诉你,行不行?她一觉醒来,看到他这样说,才回短信说,说话要算话。他的短信又来了,现在我去厕所。她看了短信,噗哧一声笑了。

现在,毕业在即,多少对校园恋人已经呈现出要分手的苗头,有的已经分手了。她有点害怕一毕业就分手的魔咒。所以,他一说要去当兵,她就急了。当兵一当就三年,分开那么久,她怎么忍得了。可他竟然在昨天把当兵的申请表交给了班长。

五分钟的路,像走了一个世纪,还差十万八千里呢。她撇着嘴说。他说,好好好。说着大步向前走。她的脸一下子变得阳光灿烂。

两分钟后,他们站在班长的宿舍楼前,和班长说好了,在这里还给他们表格呢。他说,这下你满意了吧?她挽住他的胳膊,嘿嘿嘿地笑。她说,你真好。那我就把特大喜讯告诉你吧。他歪着头说,什么?她说,我爸说,我托他的事办成了。他问:什么事?托他在我们那儿,给咱俩找好了工作,就等毕业了,我们一起回去呢。

什么？工作都找好了？他问。

她说，是啊。看我对你好不好？

他说，走。

她说，上哪里去？等一会儿，拿表格呢。

他说，不拿了。我现在决定了。我一定要去当兵。

她说，你要当兵。那我们就分手。

他说，分手就分手。我总得安排我自己的人生。

她甩开他的胳膊离开了他。他站了一会儿，心里有一点难过，继而又一阵轻松，他朝着和她相反的方向走了。

他到部队，第一个月，突然收到她的短信，只有三个字：我等你。

连　翘

连翘心头小鹿乱撞，表情却冷静似铁。

桌球室里，苏铁正猫腰眯眼，准备击打那个蓝色的球。连翘没留神，又凝望起苏铁。苏铁眼神干净，面庞干净，裸露的小臂干净，衣着干净，毛发干净。连翘感觉，苏铁每个毛孔都干净得不得了。

连翘击球之前，斜眼瞄了一眼苏铁那边，却没看见苏铁。她忘记击球，站直焦急地四下看，看到苏铁走去和隔壁球台的球友打招呼，心里静下来，她弯腰瞄球间忍不住又瞅了苏铁两眼。

打完桌球，他们和五六个好朋走回家。朋友们都上了公交车,最后,只剩下了连翘和苏铁。连翘问苏铁,我人好不好?苏铁狐疑地说,好。连翘说,我做你女朋友好不好?苏铁在连翘肩上拍一掌,笑。苏铁说,逗我玩呢,哥们儿?连翘说,没逗你,是真的。苏铁看了眼连翘,连翘表情少有的认真。苏铁大惊。苏铁说,连翘,我从来没觉得你是女生啊。

连翘沉默了。苏铁的拒绝不仅让她体会到失恋的痛楚,还让她陷入对自我性别的否定之中。连翘独自坐在铺着淡蓝色床单的床沿,失魂落魄。他说我不是女生,他怎么会说我不是女生?连翘反复问自己。

连翘留短发,像男生火箭头,连翘穿黑 T 恤、黑工装裤。连翘外表冷静,说话做事豪爽大气。她喜欢和男生们交往,是因为她觉得男生们的性格脾气更贴近她的本性,和他们在一起,可比和小女生们在一起轻松自在多了。

沉默一周之后。连翘破天荒地逛了女装网店,那些装束让她眼花缭乱,她还去逛了化妆品网店,那些口红、那些眉笔,那些各种各样的面膜及乳霜,逛了三个多小时,头都看晕了,什么也没选到,连翘气恼地退了出来。

连翘揉揉发干的眼睛,拉开衣柜,眼睛不由一亮。母亲为她买的女装被她冷落在柜子的边角。她抽出那件玫红连衣裙,在身上比试,看着镜子里的自己,多少有些不一样。她换上了裙子。她去母亲房间涂了口红,画了眉毛。站到镜前时,她撇嘴做了要呕吐的表情。

她离开家,和好朋友们约好了同去打桌球。是几个男生,当然,少不了苏铁。

桌球室里,连翘自认为很是引人注目。几个好朋友今天似乎特别开心,一个个眉开眼笑,连苏铁看她的眼神也和往日不同。

穿红色连衣裙的连翘,要弯腰打桌球时,突然不敢弯腰,试着半蹲着击球。连翘觉得这姿势特别别扭。苏铁忍住了大笑,只温和地笑一下。连翘说,唉,裙子的事儿,没有办法。苏铁说,连翘,你就该这样穿,都老大不小的了。这样穿才有女孩的样。

受到苏铁的鼓舞,一连一个月,连翘在有苏铁的场合穿玫红色裙子,淡紫色裙子,绿色裙子,她的身材立即显出女孩的玲珑曲线。尽管这些场合都在晚饭之后,或者在阴雨天。这些天,母亲乐得合不拢嘴,她的女儿,从小学开始,穿得像男孩,到现在十几年了,终于开窍,开始穿裙子了。母亲的心终于可以不再悬着了。她甚至去看了橱窗里的假发,她想冬天的时候,可买了来戴。可是,又想,到时也许就不用买了,那时她的头发也可以长得很长了。

可是,连翘越来越觉得不快乐。穿上了裙子,行为呀,做事啊,都似乎有些不同了,有两个好朋友还好像不太愿意和她说话了,更别提说心里话了。更要命的是,连翘开始不知道自己是谁了?

不过,苏铁喜欢,苏铁喜欢看她了,就像当初她看苏铁一样,苏铁喜欢在人群中寻找她了,就像她当初在人群中寻找他一样。有一天,她甚至感觉苏铁像是要对自己说些什么。苏铁真的说了,苏铁说,你应该变得更像女孩子。连翘的心咚咚咚地跳起来。

这一个月里,连翘像是换了一个人,她喜欢一个人坐在一个地方,一坐就是几个小时,她还会想很多事情,有关自己的,有关苏铁的。

这一天,苏铁约她去逛公园。逛公园?和苏铁一起,这可是从来没有的事情。连翘早早地就到了,她到时,苏铁还没有到,因为她早到了一个小时。她站在公园的湖水边,湖里有脚蹬船,不远处,有对情侣坐在船里,享受着阳光和微风,嬉闹着。连翘静静地等着苏铁。

连翘垂下头时,看到湖里的自己:留短发,男生火箭头,穿黑T恤黑工装裤,连翘外表冷静。她想,她会对苏铁说,她要做回她自己。无论他要不要她做他女朋友,她都要做回那个自在的自己。

保存真爱

她伤心至极。他没有音讯,已经七天。她替他找出无数理由,可又悉数推翻。他违反一天早中晚给她打三个电话的约定,消失在北京—— 一个远离她的城市。

去年,他还和她在一个学校。他俩甜蜜地在一起,相恋两年。他高她一届,学的是表演,毕业后与北京某影视公司签下群演的约。她不愿他离她太远,于是他说,每天早上、中午、晚上都给她打电话,告诉她自己在做什么。她勉强答应他。

每天,他电话打来,与她喁喁私语,聊起来没个完。一天中午,电话之约中断。转变仿佛在忽然之间,之前毫无预兆。她黯然神伤,想,也许,他有事情耽搁了,再等等。这一等,就是七天。七天,她度日如年。

她走上他们曾经牵手而行的小路,站在他们曾经相拥而立的榕树下。一阵风起,榕花随风摇曳。一对情侣牵手走来,一瓣粉红的榕花打着旋儿,飘飞在情侣绯红的脸庞与她忧伤焦虑的眼神之间。待她取出手机，已是黄昏。天边彩霞五光十色，绚丽多姿，却掩不住她的惴惴不安。

她按下他的号码，期待熟悉的声音响起。

铃声止，无人接听，她的世界一片沉寂。

她从来没有遇到过这种情形，她想不明白是怎么回事。

她又按响他的手机号码，忽觉身子一荡，被风扬起，变成一瓣飘飞的榕花，顺着手机信号特有的频率，飞啊飞。仿佛飞了很久，又仿佛只是一瞬之间，她降落在一片窄小的空间，她四处打量，发现自己薄薄的身子依靠在一个耳郭内，她向外探了探身子，看到一个厚厚的耳垂。这不是他的耳垂吗？她的心中一阵欢喜，使劲一蹦，飘飘悠悠落上他健硕的肩膀。

她想要和他说句话，却发现发不出声音。正此时，一个消瘦的粉肩移过来，挨近他的肩。只听对面有声音说，笑一笑。镁光灯一闪。对面的声音说，好了。他和那个粉肩都凑近那个声音，成了花瓣的、贴在他肩膀上的她，看到他和一个漂亮女孩的合影。

她愤怒地一跃，想要引起他的注意，却从他肩膀跌落，打着旋儿，飞呀飞，飞呀飞，身子似乎一激灵，她向四周打量，发现已回到榕树下，她按响的手机铃声正孤单地响着。铃声陡然停止，天地一片死寂。

第二天，打开他的朋友圈，看到他发的一张照片，正是他与"粉肩"的合影。

她放弃了期待，她感觉已等太久太久，似乎，他永远不会再打电话给她。她忧伤地和闺密说话、上课、吃饭，打发着难熬的日子。

黄昏时，她坐在榕树下看书，仰首看榕花以及榕花背后纯净的蓝天。手机铃声响，惊起身边一只麻雀，令她心脏怦然一跳。

她低头看，是他打来电话。

刹那间，她有一些动摇，手指差点按下接听键。又一片榕花打着旋儿飘下，飘在她的手机上，她的目光突然变得坚定。她拒接了他的电话。

之后的日子，她将心思扳回书本，将对电话的渴望压入心底。她走进阶梯教室，又走出阶梯教室，她走到榕树下，看见他正从对面走来，她的心头一颤，欢喜陡然升起。

他说，好啊，给你打电话你不接。给你闺密打电话说两天没回宿舍了，你知道我有多焦急。却原来，你好好的，笑眯眯地在学校里待着呢。

她问，说好的电话呢，为什么不打？我打你电话，又为什么不接？

他说，刚接个新戏，你打电话时，导演正让我试戏。这种时刻，我怎么接？

她说，不能接我电话，却能在朋友圈发与别人的合照？他说，你仔细看啊，是在片场，穿着剧中服装拍的剧照。

她低头，抬头时嘟起嘴说，北京太远了，我要你回来工作。好不好？

他说，我刚刚签到一家好公司，怎能说回来就回来？

她说，我要你和我结婚。

他说，连你看上一个十块钱的项链，我都要想想口袋里有多少钱，给你买还是不买，我拿什么和你结婚？

她说，我什么都不要，只要把咱们的真爱保存住。

结婚就能把真爱装进保险箱？他问。

她低下头。

他说，再等几年，等我有能力时，风风光光地娶你。

她说,我怕,我就要你回到我身边,和我结婚。我就要把我们的真爱保存住。

离　伤

爱情是把号角,吹醒她酣睡的魂灵。

他要离开她去远行。他收到船长将要出发的指令。她帮他一起收拾行囊,说好送他上船。实在因为害怕悲伤的情绪,她不允许他冒出一句道别的话。她站在岸边,看他一步一步走进船深处。她的表情正如裹住了惊涛骇浪的大海。他从她眼睛里读出他在她心里的分量。就这样上船了。

从出海的第一天起,她就开始估摸他的行程,哪一天他到哪一片海域,仔细看天气预报,有台风了,惊得难以入眠,风平浪静了,喜得闭了眼,直叫谢谢大海。

别无他法,只好慢慢习惯他不在的日子。春去春又来,他告诉她,有了一些积蓄,海员的收入总是很高。他很适应船上的一切,似乎天生他就为活在远洋的船中。

她对天气预报亦愈来愈依赖,每一天,都会在手机网上一遍又一遍地浏览琢磨。他打来电话,她总爱对他说,天气预报说海上有风浪的日子,我害怕,怕风掀翻吞噬了船。飘荡在大海上的他听了,总是一笑置之。她便觉出了委屈。他再打电话来,她便要他辞职,换份稳定的工作,好陪伴在她身边。她听出了他的不安和犹豫,和他说话便失了力气,声音如游丝一般,飘忽不定。

有一年夏天，他结束一段航程，回到居住的小城，他们才得以见面。几年来，相见屈指可数。她取笑他曾经白皙的皮肤成了小麦色，心里却一阵心疼。她想，这次回来，他会体谅她的担惊受怕，留在小城。谁知，他仍迟钝地将此事一语带过，便似她从来没有提起过一样。

然后，他讲起他在船上的故事。

那个冬天很冷。船在海上行驶，他和同伴在甲板上来回走动。眼睛一眨不眨，在海面上巡视。他关注小船动向，分辨有没有夹杂海盗的船只。这时，一个浪打来，将他的棉衣棉裤浇透，他尝到了彻骨的寒冷。他打着寒战，抹去满脸的海水，挣扎着睁开眼睛，突然，有根管状物抵住他后背。他能感觉到那是一把枪。

海盗上船了。

那一刻，他忽然想起她，想给她打个电话，告诉她，他在船上，无数次梦到她，成为他的新娘。隔着遥远的时空，他迫切想问她一句，你愿意吗？

是索马里海盗，用铁钩钩住船尾，挂上软梯，登上大船。发现意外，全船海员个个头发竖起，个个操起船上工具，个个成了随时可以出击的斗士。海盗虽有枪，人手却少。他感觉出海盗的枪管也有了几分颤抖。他会索马里语，他大着嗓门与海盗交谈。经过一番激烈谈判，他们答应将所有生活物资给予海盗，海盗则必须离开，互不伤害对方性命。

他对她说，面对生命的最后一刻，我深悔没向你求婚。那是我临终也忘不了的心愿，你愿意吗？

她再次对他说起风浪，每次，听天气预报说海上有风浪时，她都胆战心惊。无数次胆战心惊，越累越多，让她简直无法面对。她看向他时，发现他还沉浸在他的故事里，那故事的意味，似乎给他的生命,注入传奇。她便明白,海员的工作,尽管寂寞、危险、辛苦,在他眼中,却令他活出无限神采与乐趣。

现在,凭他的能力,他一定可以在小城找到一份稳定的职业。甚至,她想,暂时没了工作收入也没有关系,还有她呢,一切总会慢慢好起来。她张了张嘴,却没有说出口。她不忍啊。况且,说了又有什么用?

现在,这个可怕的故事让她更加害怕,让她不再犹豫。她说,既然,你不能舍弃大海,那就舍弃我吧。我需要一个全新的生活状态。我已无法承受。

离开时,他怎样的挽留都没发挥作用。只好祝她幸福。可是,给她通电话早成了他孤独旅程中的乐趣,实在忍不了时,自己还没明白怎么回事,手机上,已将她的号码按下去。可是每次,铃声都仿佛回荡在空旷的山野。他感觉手机那端如"千山鸟飞绝,万径人踪灭"一般寂静。

六个月后,已出海多日。他站在船头,落寞地瞅船头击开水面,飞溅起无数朵浪花。

他再次拨响她的手机。突然,铃音断了,手机通了,他吃了一惊,瞬间大脑一片空白,他失语了。

她双手紧握手机,咬着唇说,担惊受怕的等待虽不可忍受,但比起不能向你诉说的思念,实在算不了什么。

终于将这句话说完,她如释重负,全身一阵轻松。他对着手机,失声痛哭。

莺　儿

　　一个晴天，上午八点，莺儿和男人走在异乡路上。路旁高楼直冲蓝天，立交桥纵横交错，小车密集穿梭，大城市喧闹得令人晕眩。莺儿挽着男人胳膊去医院看病。

　　莺儿表情凝重，突然笑说，没准儿，这大夫行。

　　你还是没信心。男人说。

　　我有。我们会有孩子，不管是亲生还是领养。你说呢？莺儿的脚步迟疑着，声音打着战。

　　男人说，亲生的也好，领养的也好，都将是我们的宝贝。

　　莺儿和男人对小孩喜欢得不得了，但结婚满八年了，仍走在求子的路上。初时，治愈的信心像优质砚台一般厚实，经过八年，已被现实磨成精薄的一层，稍一用力，就将完全断裂或者消失。

　　莺儿突然站住，瞪圆眼睛，使劲闭眼又猛地睁开。没错，一个不足两岁的小孩站着，揉搓了脸上的泪珠儿，两个小拳头停留在两眼角边，转动脑袋四处张望，哑着嗓子喊，妈妈……呜呜，妈妈……呜呜……莺儿也四处看，发现小孩独自一人。

　　莺儿的心狂跳，蹲下，瞅着小孩温和地笑了足足一分钟，伸出手说，来，阿姨抱抱。小孩子恍惚地看着莺儿，不哭也不动。莺儿摸摸小孩的脸说，乖，买糖吃，去那边买糖吃。小孩笑了，朝莺儿张开的怀抱走来。

　　看到没？他对我笑，还让我抱。莺儿惊喜地搂着小孩，傻笑着对蹲在身边的男人说。

小心，别吓坏孩子。男人紧张地警告莺儿。

他们一个一个问遇见的人，认识这个小孩吗？认识这个小孩吗？一小时了，没一点线索。

这孩子和咱们有缘。搂着小孩的莺儿惊喜地说。

男人朝莺儿挤挤眼，小声说，不看病了，赶紧去火车站，回家。

莺儿默契地说，好，我们赶快回家。

他们离火车站并不远，只有 500 米的距离。两人兴冲冲地往火车站走。火车站外有一家商场。

走到商场前，莺儿说，说好了，买糖吃，不能骗我们的宝贝。

他们走进商场，找到食品部，买奶糖、果冻、巧克力，买鸡腿、蛋卷儿、肉松面包，买奶茶、果汁、可乐。

商场里，男人抱着小孩，莺儿手里提着满满一袋子零食，两人脸上洋溢着幸福的表情。然后，他们坐在商场的椅子上，小孩坐在男人腿上。莺儿把肉松面包掰成小块，送到小孩嘴边，看小孩咬进去，就轻呼一声，开心地笑一次，再掰下一小块，放到小孩嘴边，等着他继续吃。

小孩突然抬手抓着莺儿的头发，小拳头来回晃动着打秋千，莺儿并不觉得疼，小孩"咯咯咯"地笑，莺儿和男人再次笑起来。

吃完，小孩似乎累了，伏在莺儿的怀里睡着了。

我们的白日梦做完了，莺儿惆怅地说。

男人搂搂莺儿的肩说，梦总归是梦，总要醒。

那一天，莺儿和男人轮流抱着孩子，沿着那条马路来来回回地走，逢人便问，认识这个小孩吗？认识这个小孩吗？后来，他们找到片警，他们跟着片警，一家一家寻找。终于，黄昏时，在一个小区门口，看到一位快急疯了的老奶奶。

老奶奶含着泪花说，女儿不在身边，她帮着带孩子，不小心把小孩弄丢。现在小孩父母也在赶回来的路上。

孩子叫着"外婆外婆"，张开手臂扭动着身体扑过去。莺儿看着小孩，眼睛湿润了，她的心撕裂地疼，她觉得，她不是帮迷路的小孩找到了家人，而是生生地把她的孩子送给了陌生人。

第二天，莺儿和男人去医院看病。一年后，他们的宝宝呱呱啼哭着来到人世间。

烟　圈

第一次见男人抽烟，男人倚在椅背上，看着她，吸一口，目光便虚了，唇撮成 O 型，一缕细烟从中旋出，缓缓上升，魔术般成了一团颤动的烟圈。烟圈向上飘了，又旋出下一个，一连几个圈，错落有致，飘飘悠悠，如在空中泼洒的水墨一般。

她看着吐烟圈的男人说，讨厌你抽烟呢。

他诧异，问，烟圈不美？

她说，岂止不美，丑，让人讨厌。

看见男人嗜烟，她特别忧伤，可是，还是接受了他，不接受又能怎么样呢？即使他抽烟，依然改变不了爱。她仍然深爱他的好，以及他对她的好，这让她困惑又无奈。

午间，去男人的住处。男人在灯下绘图。男人是建筑设计师。图样绘了一半，她看不懂里面的道道，但她喜欢那里面的纤细、工整、宏观。她走进去，男人回头看他，男人说，画完这点就不画了。她的眉梢、眼角就有了浅浅的笑。

男人搁下笔，四处寻找，急不可耐。目光扫过搁图样画笔的案子，搁茶水的茶几，吃饭的餐桌，甚至卧室的床头。她看男人，是忧伤与爱怜交织的眼神。尽管男人不说，尽管男人竭力掩饰，但从男人焦躁的神情她仍能看出，男人犯烟瘾了，犯得好像特别厉害。

窗户开着，电风扇的扇页极速旋转。她前不久摆进来的茉莉花一小朵一小朵繁茂地开着，可她还是闻到了室内淡淡的香烟味儿。她一进来就闻到了，她没有作声，她只是把他搁在图样案子边的香烟盒揉皱了，轻轻抛进垃圾筒，并弯腰向里塞了塞，纸团将香烟淹没了。

最后，男人在盯着她看了足足有一分钟后，他的脸上突然浮出一缕笑意，他迅速走向垃圾筒，蹲下，将垃圾筒在墙角掀个底朝天。纸团和香烟一起扑簌簌向下落。男人竟然不顾她就在眼前，她一下按住了心口，那里剧烈地疼起来。

几个月前，男人对她说，我要戒烟了，你信不信？她含着眼泪笑了，她说谢谢你帮我。他问，怎么是帮你？她说，就是帮我，谢谢你帮我。男人看着他，眼里是询问的眼神。她就说，不是说过很多次了嘛，看见你抽烟，我会很害怕。男人就叹了一声，说，为你，戒烟。那天，她感受到了他的爱，她把这当成是他对她许下的爱的誓言。

女人怕烟，因为烟要了父亲的命。

那时，她十八岁。医院里病床上，父亲瘦得只剩下骨头，咳起来，就缩作很小的一团。最后，慈爱的瘦骨嶙峋的父亲，就化成了一缕青烟。

她后来在网上见到吸烟人的肺。她认为肺的形状很漂亮，但,黑,像臭水沟里的黑污泥,提起来就有将散的架势,就有要沥下黑泥的感觉。美与绝望结合,令她惧怕。她怕极了那样的肺,让她想起化成一缕青烟的父亲。

她发誓,未来找男友,绝不要抽烟的男人。

及至后来,她却与一嗜烟的男人相爱了。

此时,他一根根捡起皱得弯弯曲曲的香烟。将它们整整齐齐地排在茶几上,短的浅黄色的过滤嘴,长得白色的卷烟纸,交缠的焦黄色的烟丝,像一排受了蹂躏的士兵,但被他排成了队列,那站姿仍留有战士的风采。

他点着一支香烟,吸上了,他很陶醉。她却哭了,想起父亲,她失控了。她把茶几上的香烟推向地板,她使劲地踩着香烟,用脚将它们拧碎,地板上现出了一团团的烟丝。她站在他面前,她从他唇间,拔出带着火星的香烟,使劲一甩。她没有料到,香烟拐了个弯就落到了他的图样上,图样立即出现一个无可挽回的黑洞。他没有先去拿掉图样上的香烟,却意外地一个巴掌挥过来,她就感觉到半边脸火辣辣地疼。他又一个巴掌挥过来,她感觉到了另半边脸上的耳朵嗡嗡嗡地响。

为了香烟,男人竟然对她施暴。一瞬间,他是如此陌生。他对她许下的誓言呢?为她,戒烟。那算什么?什么都算不了!

他恢复了抽烟。他的屋子里烟雾缭绕,他的身旁,备下了许许多多抽不完的香烟。

她知道他爱她,但她还是决定离开他。他很痛苦,她只轻轻丢下一句话,最厌恶你抽烟,厌恶到了极点。

女人在多年之后,遇到了男人,男人已经有了自己的妻子。男人告诉她,因为她的离开,对他造成了巨大的震撼,因此,他竟然真的戒掉了香烟。

女人笑了,是那种释然的笑。她仍然不愿告诉男人,她最喜欢看他吐烟圈时享受的样子,像小鸟儿一样自由欢娱,像孩童一样顽皮淘气,像她想要的宁静岁月一样温暖、悠长、安适。

不告诉他,只是,怕减弱了分毫他戒烟的决心。

铜　镜

她的生命里有一个铜镜,圆形,掌心大小。她的脸进入铜镜,就成了古铜色肤质,古铜色眼球,古铜色发丝。她嫣然一笑,露出古铜色的牙齿。她喜欢铜镜里的自己,古色古香的,如同古装戏里的新娘。

铜镜是和男友一起回汝州乡下老家时,在奶奶屋里发现的。她一眼看上它,爱不释手。

木床边一张老式桌子,九个抽屉。奶奶多皱的手拉开左边第二个抽屉,取出一个红绸包,搁桌上,嘴角轻扬,揭开绸角,露出一段弧形古铜,揭开另一个绸角,露出另一段弧形古铜,四个绸角揭开,一个精巧的镶边的圆铜静静地躺在红绸中心。

奶奶说,是铜镜。大婚时,拴新娘子腰上,避凶邪。她问,必须拴?奶奶说,都拴。祖辈留下来的风俗。她就笑了。接过铜镜,端正身子,撩动发梢,对着窗子,调整角度,翻来覆去看镜里的自己。总也看不够。她说,太美了,这铜镜。

男友央求奶奶,给她保存吧,反正总有一天要挂她腰上带回咱家。奶奶听了,笑得合不拢嘴。于是,她和男友回去时,她的小包夹层里就多个红绸包裹的铜镜。

她和男友在同一所大学。毕业时,她找到工作,是公司文员。男友却一而再再而三被拒,三个月过去,高不成低不就。她说,要不,你还是读研吧?男友犹豫着,终没能抵住心底的召唤与诱惑。男友去北京读研。她则留郑州工作。

没有了男友的陪伴,时间变得充裕,她兼职做起推销员,每天累得要死,但一接到男友短信,她的目光便变得柔和,红润的唇便闪出流线形的笑。她发短信说,今天,工作之余,我见了三十二个人,推销出去五件商品。男友便回短信,你真棒,保重身体,别累坏了。

她的心头便春光潋滟。她拿出铜镜,照了又照,笑了又笑。她用红绸穿进镂空的花边,拴在腰间,她在房里跳起健美操,铜镜便有节奏地一起一伏,欢快地敲打她的腰肢。

男友研究生毕业,在北京找到一份收入不错的工作,男友唤她,来北京工作吧?她便来北京,工作找得顺利,她依然做了公司文员,只是不再做兼职。

渐渐地,她感觉到男友眼里及心里的淡漠。

她有意无意地在他面前拿出铜镜,照了又照。用红绸穿进镂空的花边,转至男友身边。男友看过来,她说,我想拴腰上,你帮我?那时,她有意穿条大红连衣裙,一条红色紧身腰带束在腰间。她看男友,眼里满是期待。男友瞄一眼铜镜,瞄一眼她的腰带,便灰了眼神转了身,淡淡地说,收起来吧。

她心里发凉,低眉,手指扯着红绸在铜镜上来回绕圈。

男友平静地说,我们已不适合。分手吧!

她诧异地瞅男友,男友的脸依旧风平浪静,她的眼泪夺眶而出,啪嗒啪嗒地砸向地板。

男友冷静地说，我不想再勉强，那样对你也不公平。

她看着男友离去的背影，却说不出一句话。她心慌意乱地想，这不是真的。

炎热的夏季渐渐远去，当她换上毛衣长裤时，男友找来了。男友说，那个铜镜，还我吧……奶奶去世了，我想做个纪念。

她哽咽地说，奶奶希望，铜镜我会挂腰间带回家。

男友说，过去的已经过去了。

她泪流，说，你认为我会离开铜镜？

男友无望，怅怅地离去。

又过了两个月，她约男友海边见面，男友问，还有必要吗？

她微笑地说，还你铜镜。

两人立在海边，夜风吹动黑发在她脸上轻抚。她掏出铜镜，举到他眼前。他伸手去接，她的手却画出一道优美的弧线。他迅速伸手去抓她手里的铜镜，却抓了空。铜镜便顺着弧光急速冲向天边，无声地没入大海。

他遗憾地说，三年生活费和学费，我会还你。

她微笑，说：有用吗？不用了。

她转身离去，却泪流满面。

她想，心爱的铜镜没有了，从此以后，要学会爱自己。

飘

范柳恨不能从汝州坐上哈利波特的扫帚,任风声在耳边呼呼刮过,任白云在他身前身后穿梭,然后,在厦门鼓浪屿从天而降,救他的顾薇于危难之中。

顾薇在最窘迫时,第一个拨通的是范柳的手机,范柳除了担忧,心里还特别甜。范柳说,你别急,有我呢,我马上就到。

放下手机,范柳才着了慌。厦门,出省了吧?不是骑个电动车或打个车或坐上汽车就能马上到的,怎么办呢?

高中毕业后,范柳仍喜读书,但这不影响他自食其力。范柳街头发过小广告,做过装卸工,做过鞋油推销员,他最满意的是现在的职业,快递员。他没有出过省,他去过最远的地方是郑州。

正是上午九点多钟,麻雀还在路边树的枝丫间跳来跳去,唧唧喳喳地叫。他一溜烟回公司请假,又跑到公司门口,喘息着伸手拦辆出租车去火车站。他跑进售票亭,排在队尾,火急火燎地挨到售票窗口前。他对扎着马尾脸圆墩墩的售票员说,到厦门,一张票,递钱的时候,他问,多久能到?售票员告诉他,30小时的路程,夜晚 11 点 50 发车。范柳递钱的手被火烫了似的缩回来。他愣住了。

顾薇打电话时抽泣着说,你快来吧,我一个人在这儿,身上没有一分钱了。可是,售票员说路上 30 个小时,12 个小时后才发车,顾薇吃什么?喝什么?住哪里?很多不好的联想涌上心头,诸如失联等，范柳心里乱成一团麻。要不要啊？售票员不耐烦地催促。怎么样才能今天就到鼓浪屿啊？我有急事。范柳脸上露出乞求的神色。坐飞机啊，下一个。售票员毫无表情地说。

范柳的卡上存有两千多元，他又找同事借了两千多元，凑够五千元。他离开火车站，乘车去飞机场。现在，一个从未坐过飞机的 22 岁的小子范柳来到了飞机场，锃亮的地板，雅致的摆设，四壁的回声，生成一种强大的陌生感，陌生感加重了范柳的惶惶不安。还好，范柳在不安中顺利地买了飞机票，顺利通过安检，登上了飞机的玄梯。

下飞机后，电话不停联系，终于看见了顾薇。顾薇穿着漂亮的无袖欧根莎长裙，委屈地嘟着圆唇，白皙的皮肤在阳光下熠熠生辉。她像小燕子一样飞奔到范柳身边，扑到范柳身上，嘤嘤而泣。范柳忙张开双臂把顾薇抱在怀里。嘴里安慰说，好了好了，我来了没事了。

顾薇是个大学生，再有一年就毕业了，范柳倾尽所有地追了她三年，如今终于修成正果。这是范柳的判断，可顾薇并不这么想。当范柳举着含苞待放的、芬芳的、含着露珠的红玫瑰，单膝着地，向顾薇表白时，顾薇一口拒绝，没留丝毫回旋余地。然后顾薇毕业，失去一切联系。

一年后的夏天，顾薇突然出现，约范柳喝茶，范柳不见，再约，仍不见。

当初，寻找顾薇，从顾薇同学朋友中，范柳逐渐了解真相。三年中，顾薇的男友走马灯一样，来来往往，全是富人家的帅男孩。他以为顾薇那般纯真，却原来她不是。他以为他是顾薇的男朋友，却原来也不是。那次拼尽全力坐飞机去营救她，却原来只是她和男友吵了架，男友抛下她，独自离开了。

真相如此凛冽,范柳觉得自己的心如一片枯黄的叶,孤单地悬挂在冬天的枝头。寒风阵阵,扑打着他,似乎想把他撕裂成千万片。

顾薇说,那时我还小,你爱我时我不懂爱情,现在我懂了。

范柳说,可是我已经知道你是什么样的人了。

顾薇说,我已经长大了,和从前不一样了。

范柳说,可是,我已不明白,你对我说的还有没有真话?

又过了一年,范柳无意中读了一本小说,名字叫《飘》。小说主人公斯佳丽一直排斥拿她当个宝的白瑞德,直到白瑞德绝望地离开,斯佳丽才发现,她早已深爱白瑞德。

范柳热切地想,斯佳丽能找回白瑞德吗?

范柳的微信响了,是顾薇发来的。尽管范柳一直和顾薇刻意保持着距离,可顾薇的热情一直都在。

范柳点开微信,对着顾薇的头像傻笑着,他说,斯佳丽能找回白瑞德的,一定能。

爱情梦

男孩是个学霸,大学时保送研究生。男孩今年二十六岁,他有研究生补贴,节假日他打工赚些外快,生活自给自足还略有些富余。他还单身,执着地期待着纯粹爱情的降临。

男孩有次参加同城大学的老乡聚会,一个女孩吸引了他。女孩性格开朗,长发及腰,弯弯的眉毛总在额上一跳一跳的。

女孩说话语速快，眉毛一跳就是一个好主意。比如，大家商量着要玩的地方，拿不定主意时，她会用半认真半玩笑的语气一锤定音。

老乡聚会，有男朋友女朋友的也会带着一起来，女孩却是一个人来的。她那么爱说话，也没有提起一星半点有关她男朋友的语句。

聚会散了，男孩向可能和女孩相熟的每个老乡打听她。辗转好几个人，才确定女孩原来已经有男朋友了。似乎应该就是这样，她那样喜庆的一个人，在正当恋爱的季节，假若没有男朋友，他反倒会觉得不正常。

他回到学校，走在小径上莲池旁，看到十指紧扣边走边窃窃私语的情侣们，会突然浮起她的音容笑貌。男孩手插裤兜，微微垂头，向上耸着肩膀，快速从情侣身边掠过，心里漾起阵阵浪花般翻卷而起又无情砸落心底的惆怅。既然她不是他的女孩，那么他的女孩在哪里？

一年过去，又遇女孩，和女孩有了一些朋友般的联系，有时电话，有时短信。男孩无意中听到她的一个消息，她已经是单身了，可是这已和他没什么关系，因为在又遇女孩前，他已有了女友。

一天，餐厅里，他和女友对面而坐，他给女友夹块炸鱼，女友就着筷子咬一口，然后，剩下的半块送进了自己口中。即使视力衰退到快要消失的人，也能看出他们之间的腻歪甜蜜。

他正低头用舌尖顶出鱼刺，女孩突然出现了。

女孩炒豆子似的说，你和他一点点也不相配，既不配，就早分开。我才是最适合他的那一个。突遭袭击，女友气极，两人争吵起来。他看见很多同学围观，听见有人嘲弄地大喊，两女孩为男孩争风吃醋呢。女友是个骄傲的人，受不了这个，拉拉杂杂，扯了两个多月,彻底和男孩掰了。

男孩恨起了女孩,心想,女孩怎么这样啊,电话来就不接;短信来就不回;来找他,也找借口匆匆离开。

一天,男孩一个人在餐厅吃饭,女孩的闺密走过来,把餐具搁在他旁边,意味深长地看他一眼。他搁下半份米饭说吃好了,起身要离开,闺密说,她可能快要退学了。我陪她看了心理医生。因为你,她得了重度抑郁症,医生说她有自杀倾向,随时可能自杀。他离开了餐桌,向餐厅外走,他听见她在他背后说,心病还需心药医,只有你能医治好她。

他去见女孩,他和女孩交谈,女孩的言谈举止让他判断她真的病了。

他在自己的学业中安排了一些时间,专门用于陪她。他配合她,希望她的病快点好起来。有了他的陪伴,她的抑郁神色逐渐不见,她又恢复到那个开朗的爱笑的女孩。

她似乎好了。他觉得应该可以离开她了,可是,他发现,那么深的爱恋,不正是他想要的吗?

他想,他真是个幸运儿,竟然真的让他遇到这样一份纯粹的爱情,若不是有缘遇见,世间哪里去寻?想起这幸运,不由总被幸福感濡湿眼睛。

他怀着这幸福去找她。她从公寓楼道里走出来,正在听电话。他一眼看到了她。她的注意力在电话里,并没有注意到他来了。

她说,用了什么兵法?我让人告诉他,我得了重度抑郁症,快要死了。我哪会得那病?哈,你猜怎么着,他就中计了。她说话时眉飞色舞,恶狼逮住了小羊般得意扬扬,不屑一顾的语气。

原来是假的。他痛苦地想。仿佛有个外星生物,用一个特别的武器游进他心中，猛地刺一下，倏的一下，又不见了。

爱情梦，爱情。他喃喃自语。

他没有惊动女孩，他重新走上大街。他不停地走，走了很远很远，已经走出城外，他才发现。

他觉得他迷路了，再也走不回去了。

初恋时不懂爱情

随着全国龙舟比赛倒计时，我愈发相信我们离全国冠军更近了。这让我热血澎湃。我将永远铭记那场龙舟比赛，因为生命里一个女孩，刻在了这场比赛里，她是我的初恋。

一天的训练下来，已经很累。匆匆扒拉过晚饭，我去找教练。集训虽然只有三个月，却是封闭式的，封闭并不那么严格，却束缚住了我的心，因，我做事一向全力以赴。女孩的短信来时，我正和教练讨论的热火朝天。我说一队友的桨划得不够规范，应该提升到规范，教练说，虽不规范，却能发挥他最大的能量。我说，不对，规范了才能发挥更大的能量。教练说，你们配合了多年，你是队长，怎么还没了解他的特点？

我开始想有没有更好的方法说服教练。

这时候，女孩的短信又来了。女孩说，你怎么不回我短信？

我拿出手机看了看，又放在桌边。

只过十分钟，手机铃声又响了。我拿起看看，又是女孩。我还为没有说服教练焦心着，铃声只响了两下，便烦恼地按下了拒接键。

　　我说了，我是一个专注的人，当我干一件事情的时候，我总是全力以赴，爱女孩时，也是。女孩爱吃苹果，我就学习削苹果，从削出来像被什么啃过一样的三尖葫芦头，到削得皮薄圆润有型。女孩一想吃，我就给她削。

　　女孩怪我不够浪漫，我就精心挑选了礼物，托女孩的室友，放在她的床头。我对女孩室友说，一定要等夜深人静，一定要悄悄地，等她睡熟了，再放。那天，女孩见到我时，表情温柔极了，脸颊上飞着红晕。女孩对我说，一睁开眼就看到我的爱在枕上，那感觉，仿佛自己是世上最幸福的人。

　　比赛结束，我们得了冠军。我脖子上挂着金牌，是真金的金牌，来到女孩的宿舍楼下约她出来。女孩接了电话，很久才来到楼下。

　　我捏着金牌，摘下来给她看。我都递到了她的手边，她只斜眼一瞄，并没有要接过来看的意思。我的手伸着，一脸的骄傲有点僵住了。我再次提醒她说，你看看，我们的龙舟比赛，获得全国冠军，这就是金牌。女孩轻描淡写地说，知道你们得了冠军。女孩话题一转，说，你还有什么事情要和我说吗？

　　我吃惊地倒退了一步。女孩竟没一丝要为我的金牌欢呼的意思。我爱的女孩，怎么会不为我获得的最高荣誉开心呢？

　　看到我吃惊的样子，女孩说，我们不是分手了吗？

　　我"哧"地笑了。我说，我怎么不知道？我看了看女孩，女孩表情很严肃、很认真，没有一点开玩笑的样子，我有点晕了，我糊涂了，不明白女孩的葫芦里究竟卖的什么药。

　　女孩说，三个月，给你短信不回，给你电话不接，难道不是明白无误地告诉我，我们分手了。

我忽然非常不安。

我不知道女孩怎么会这样想,我必须和女孩说清楚,让她明白,我只是专注在龙舟比赛里了,这是我做事的方式。我急切地向女孩诉说着。

然后,我说,你看,比赛一结束,我就来找你了。我对女孩说。

女生宿舍楼道里有人进进出出。我们站在宿舍前的一株绿树下,一片树叶落下来,落到了女孩的头发上。我伸手去摘,女孩头一歪,躲开了。

女孩说,那时候,没有你的消息,我很心烦。为了得到你的消息,我只好和你们队的队员联系。从他那里,我可以得到一点你的消息。

他告诉我,你只是太紧张这场比赛了。可我不这样想。再紧张也不会抽不出一分钟的时间,给我回个短信,回个电话。你就是用这种方式告诉我,我们分手了。

这时候,我看见了我们的队友,他的脖子上也挂着金牌,他从我们站着的树边的大路上经过。

我的女友看到他时,一直绷着的脸上露出一抹会心的笑意。女友说,没别的事吧,那我走了。

女友紧走几步,对着我的队友说,嗨,你好!

我的队友回过头,看到了女友。队友的脸上也露出了一抹发自内心的笑意。队友说,嗨,你好!

这个队友,在龙舟队里,就坐在我的前边。

我似乎明白了什么,我真想一拳挥出去,但我不知道,我是将这一拳落到这名队友的头上,还是落在我自己的头上。

结 婚

李伟明即使生病了,牵挂的不是自己,仍是张小楠。

李伟明是世上最好的男友。张小楠总对朋友们这样说。

傍晚,李伟明从自家开的工厂回到家,已经过了下班时间,却没有看到张小楠,他给张小楠打电话,一直拨,也无人接听。李伟明心慌了,张小楠是不是出了什么事?李伟明开始寻找张小楠。

李伟明走出家门,来到大街上,街边镶着大红牌匾的音像店里,飘出王菲与陈奕迅的歌声:因为爱情,不会轻易悲伤,所以一切都是幸福的模样。李伟明一边走在歌声里,一边四处张望。突然,他张开嘴,冲飘着白云朵的灰蓝色天空大吼一嗓子"张小楠"。喊了觉得很舒服,就继续像唱歌一样,边走边喊。

"李伟明。"李伟明听出是张小楠在叫他。李伟明一下子就感受到声音里的愤怒。李伟明回头,看到张小楠披着湿漉漉的长发从浴园里走出来,长发里裹着一张不高兴的脸。

一回到家,张小楠就爆发了。为什么总要限制我自由?丢死人了。

知道我有多担心你吗?你还怨。李伟明也发火了。

吵完架,张小楠要如约和女朋友一起出去玩,李伟明偏要她乖乖待在家里,争执中,李伟明看到一根长长的红色绸带,就把红绸带的一头系住她的细腰,另一头拴在了暖气上,并打上死结,任她怎么都无法解开。张小楠气哭了。后来呢,李伟明陪在她身边,百般地道歉,直到她又被逗笑了。

这一天,李伟明倒了两杯红酒,他一杯,张小楠一杯。他举起酒杯说,咱俩喝一杯就出发。张小楠一看他弯着臂膀的样子就抿着嘴笑了。张小楠举起高脚杯,将胳膊与李伟明的缠绕在一处,两张溢满幸福的脸凑近了,一仰脖,两杯红酒下了肚。

冬日清晨,街道尽头,大气球一样通红的太阳,也不耀眼,他们就那样喜不自胜地依偎在蓝天的怀抱里。婚姻登记处并不远,有两站路,李伟明要求一步一步走着去,说这样子,才有点意思,就像朝圣的路,透着那么一点虔诚的意味。

李伟明一手紧紧握着户口本,一手伸出去,捉住张小楠的手。两人十指相扣,走在去结婚登记的道路上。走到镶着金色招牌的浴园的门口,李伟明看到两只小麻雀迈着闲适的八字步,相对而望,特别古朴典雅,叫声唧啾啼转,比音乐会上的丝竹之乐都动听。他对张小楠说,看,多像咱俩。张小楠看了一会儿麻雀,笑了。

叮铃铃,张小楠的手机响了一下。是短信的声音。李伟明有点不悦,他看了张小楠一眼。张小楠听到手机铃声,看着李伟明的表情,吐了一下舌头。

对张小楠的手机,李伟明有很大的心结。有时接到朋友们的电话,张小楠也不管李伟明乐意不乐意,就奔过去了。想到这些,李伟明的气就不打一处来。李伟明让张小楠把手机关了,张小楠不关,还说没有必要。李伟明就取出自己的手机,按了关机键,看着手机屏幕暗了,在张小楠面前晃了晃,说,咱俩都关了吧。张小楠从小包里取出手机,看了看,又重新放回包里。

婚姻登记处很近了,李伟明一抬眼,就看到了它的门楣。突然,李伟明心猛烈地跳起来,因为他听到张小楠的手机铃声又响了,他扭头盯着张小楠长长的黑睫毛说,别接。张小楠用尽全力甩开李伟明紧抓住他不放开的手,向前紧走几步,取出手机接听。张小楠边走边和朋友通着电话,她挂电话时,抬起头,正好到了婚姻登记处的门口。

街上有车声,有人声,有杂声,乱哄哄地听不清楚,李伟明好像听见张小楠说,好,我去。李伟明咬着牙,将户口本撕成了八瓣。

张小楠装好手机回头看伟明,不由一声尖叫,路人都朝张小楠看过来,张小楠也浑然不觉。张小楠愣了很久,一句话也说不出来,突然,张小楠腰身一扭,冲向路边,伸手拦了一辆的士,绝尘而去。

张小楠不和李伟明结婚了。离开时,李伟明逼问,为什么非要走? 张小楠说,我怕你了,越来越怕。

穿过你穿过爱

秋,阳光干燥沉闷,压住女孩的喉咙,使得她几乎难以呼吸。她长久凝视着檐下倒垂的金灿灿的玉米棒,两只圆乎乎的手拧在一处。终于,女孩说,他和我在一个厂,他人很好,他对我很好,他说,他想来见见你们。

那你说他的家在哪里? 父亲生着气,把脸扭向她,胳膊下垂,拳头却把指关节握得嘎嘎响。家在广西那边。女孩嘟着嘴重复方才说过的话,眼里的神色一寸一寸暗下去。母亲说,那么远,嫁过去,与我们一年能不能见上一两面。你是想把我们都气死,是不是?女孩手背捂了眼,开始嘤嘤抽泣。父亲急红了眼,说,不准再与他来往。你要敢再犟,看我不打折你的腿。

女孩回了屋,伏在桌子上,想想男孩和她决定向父母争取爱情时的豪情壮志,想想刚刚在父母面前的不堪一击,她抽搐着肩膀,哽咽难止。女孩站起来,冲向堂屋。她拨通电话,情绪激动地说,你不要来了,不用来了,你听见了没有?"啪"地挂断电话,泪珠子落在话筒上。

女孩微黑,圆脸上的肉很瓷实、紧绷。女孩如森林里的空气一样纯净,一笑,两只眼睛像一泓深潭,幽幽地生出天然媚人的光。女孩高中毕业,外出打工。

男孩比她早到厂里一年,聪明、上进、勤奋、阳光。男孩关注她的情绪变化,关心她的饮食起居,渐渐地熟络起来,相爱相恋。爱的日子如夏威夷的阳光一般旖旎宜人,如古典诗词一般隽永雅致、跌宕神秘。不知不觉,已经过去三个寒暑。男孩说他离不开女孩,女孩笑,不说话,但她想,她又何尝能离开他。

第二天清晨,男孩终于站在女孩家大门口。男孩是坐了十二小时火车,再坐两小时公共汽车,最后步行七八里才到的。男孩穿湛蓝色 T 恤,浅蓝色牛仔裤,刘海遮住大半个额头。他放下礼物,抬手理理帅气的发型,低首拉拉青春的 T 恤,轻轻跺跺脚上的风尘,努力使脸上露出微笑,心说别紧张。

女孩的父亲迎出来。男孩说,这是顾莉的家吧?父亲冷脸说,你是广西的?他笑,说我是。叔叔,我来看看你们。父亲说,你赶紧走吧,别进我们家门。他说,叔叔,我只是来看望看望你们。父亲说,你赶紧走吧。男孩脸上的笑倏忽消失又倏忽回来,他说,我想和你说几句话,叔叔,很重要的话。父亲很急躁,父亲用力向外推他一把，说，你赶紧走。我们这儿的风俗，不是女儿的对象，不能进我们家门。

父亲不再理他，父亲关紧大门。男孩跌坐在门前石条上，望着大门，不动不说话，呆若木鸡，化成石头的一部分。女孩听到他的声音，女孩要出去，却被母亲死命扯住。父亲回了堂屋，父亲说，你个死妮子，你敢去给他开门，看我不打折你的腿。父亲说话时对着门口，他的声音巨大，女孩的心头颤了一下。父亲的声音很响亮地传出，坐在门口的男孩心头也颤了一下。

女孩知道父亲在吓唬她，父亲的巴掌最终也不会落在她身上，但，她不想让父母难过，面对暴怒的父亲，伤心欲绝的母亲，女孩很害怕，很害怕。男孩不知道女孩父亲的拳头会不会落到女孩身上，他很担心，很担心。

男孩在门外石头上坐了六个小时，已经到了下午，而他全然不知。父亲出来了，父亲推出摩托车，把男孩的礼物绑摩托车上，发动摩托，命令他，坐上来。他不知道父亲要做什么，他只好坐上去。一路上，男孩对父亲表白，他说他会对女孩好，他会对老人好……父亲说，我们只有这一个女儿，以后我们就靠她了，我们绝不同意她嫁那么远。父亲的声音变得温和，却不容反驳。男孩想起自己的母亲，母亲颤声对他说，我们只有你一个儿子，你不能离家那么远。

父亲把他送到车站，卸下他的礼物，说，你现在买票还来得及，否则，你可能坐不上今天的车了。男孩只觉得自己被吞没了，在如台风般巨大的力量面前，他显得如此渺小与无力。家里的女孩伏在桌子上哭，伏在床头上哭，女孩，哭了一天一夜。

父母开始安排人选与女孩相亲，当第十一个男孩李健出现时，女孩点了头，说，只要人家愿意就好，李健也说，只要人家愿意就好。

　　一个月后,男方送来定亲礼物,父母亲笑逐颜开迎接李健跨进平静的无波无澜的家门。

高考点的倔门卫

　　他是五中的门卫,五十岁,有点小倔。今天高考。作为高考链条上的一员,他觉得自己的位置非常关键。

　　一位大腹便便的父亲,护着女儿肩膀,走来。门卫一伸手,挡在女孩面前,说,准考证,身份证。父亲推着女儿背上的书包说,带着呢,进去吧。门卫脚尖敲着地,手敲着空气,用力眨巴着眼睛说,不出示准考证,天王老子也不能进。大腹便便的父亲用舌尖轻蔑地说,喊。女儿嗖地掏出准考证,在门卫和父亲中间扬了扬。门卫神情庄重,点点头,撤回拦截的手。

　　九点考试。八点三十五分,五中门外,送孩子的家长越来越密集,未进考区的考生已越来越少。门卫按下腰里挂的遥控,金色铁栅栏大门便向门卫室蛇行,只留能容一人进出的空隙。门卫站在门口,背朝缝隙,双手倏然举过头顶往前方一按,吼了一嗓子,都靠两边站,给考生留出一条路。门卫拨开人群短促有力地说,你,后退。你,后退。你,后退。

　　门卫左右手拨拉之处,或情愿或不情愿,家长们相继缓缓退让,一条笔直的通道出现。门卫转身回到他刚才站的地方,右手指突然被什么砸疼了。此时,一位瘦高的男生手指间夹根香蕉,急步走来，门卫顾不上看疼痛的手指一眼，急忙拦下男生问，你，准考证，身份证。

门卫手指甩到的，不是别的，正是那位大腹便便父亲裸露的胳膊肘。他正巴巴地瞅考区林荫道上迈向考场的女儿，祈祷考场门口验指纹机千万别出故障把女儿拦住，胳膊肘的麻疙瘩忽被击中，霎时，半条胳膊麻得动不了。他吃一惊，呲着牙倒吸凉气猛回头，见门卫坚硬的胳膊正上下抢走，给他一个后背。故意的？他张张嘴，半腔怒火在胸中翻滚，滚进口腔，喷薄欲出。却见门卫紧盯瘦男生取准考证的手，他滚到嘴边的不满在口腔里转了一圈，暂且滑进胸中。

近午，金黄色铁栅栏门，严严地把陆续到来的家长们堵在外。人群中，那位大腹便便的父亲神情激动，嘴里念叨着，再有三分钟，再有三分钟就出来了。腰间挂遥控开关的门卫，铁塔一般，双腿叉开，背剪双手，一动不动，目光威严地巡视着人群。

高考结束的铃声从铁栅栏门内绿荫如盖的校园深处传来，校门口鼎沸的人声骤然高起来。该开门了，该开门了。同一句话，尖的，细的，粗的，哑的，动听的，难听的，此起彼伏着。门卫踱出来，双手举过头顶，边缓缓向下压边铿锵有力地说：门还不能开，至少还得十分钟，还得验卷。验了卷，才能放出来。

验什么卷？验卷，没看到早厌倦你的丑恶嘴脸。大腹便便的父亲不高不低发牢骚，踮起脚尖，向考区内隐在绿荫后的教学楼考场方向张望。门卫气急了眼，想要回嘴，却忍了下来。

第一位从考场走出来的是位女生。水泥地面宽宽直直，直通向大门。女生径直向外走。越来越近，眉眼也越来越清晰起来。大腹便便的父亲说，哟，瞧我这丫头，第一个出来了。女孩站在铁栅栏附近停下，阴郁的表情，也不从人群中搜索父亲，也不和陆续出来的同学说话。

父亲举手挥挥,急得抓耳挠腮,在原地转三圈,对门卫喊,学生都从考场出来了,还不开门? 快开门! 门卫铁塔一样站着,铁着脸,纹丝不动,只蹦出三个字:不能开。只一会儿工夫,空荡的考区内,已布满密密麻麻的人头。里面是密密的考生的头顶,外面是密密的家长的头顶,中间站着"一夫当关万夫莫开"的门卫。

大腹便便的父亲终于在最后一刻爆发了,对着门卫就是一顿语言暴力。此时的门卫,脸涨紫了,身形仍是纹丝不动。第一场高考结束铃响十二分钟后。门卫按动腰间遥控,大门缓缓打开。

几分钟后,大门内外已是疏朗有致。仅余三五个家长还在守候。

一位家长安慰门卫说,那位家长真不像话。门卫说,我哪能开啊? 孩子们卷子缴了,谁知道名字座号是不是写全了? 要验卷。我把门一开,孩子们一走,万一谁没写全,可上哪儿找他们去? 这都是我们的规矩。

门卫又说,谁不急? 我儿子在别的考点,也高考呢。

秘　密

浩明从学校回了一趟家。尽管只是十五平方米的临时租住屋,位于城郊,可是,父亲在,母亲在,家的味道就如画布上的颜料一般五彩缤纷。

浩明兴冲冲对父亲说,我们美术学院要招模特,招得急,男女老幼不限。你去试试？送水的父亲刚进家门，汗涔涔的。父亲说，别瞎掰了，那是我能干的？浩明说，你的腰不是扭伤了，这不比你趔着腰送水强？浩明使尽浑身解数据理力争，父亲的头始终摇得如同拨浪鼓。

父亲独自走在美术学院的洋灰路面上，如同游弋在阳光照耀的蓝汪汪的游泳池里，幸福以身体为圆心，一圈一圈地荡漾开去。忽然，父亲眼睛前后左右逡巡，表情渐渐紧张。现在是上课时间，按理浩明正坐在教室里听讲，可父亲仍禁不住担心，怕浩明突然冒出来。

父亲成为浩明学校的模特，瞒着浩明，瞒得像铁桶一样严丝合缝。其实，父亲一听到浩明说能到他们学校做模特，就动心了，可是，他不想让浩明知道。父亲频频对浩明妈说，必须严守机密，不能对浩明走露半点风声。父亲还对母亲说，这个事情很严重，不能丢了浩明的人，让浩明在学校里抬不起头。

上课铃声响了，父亲随教授走进画室，按要求需褪去衣服，父亲动作很慢，同学都感觉出了父亲的磨蹭、扭捏以及故作镇定里隐藏的些微的害羞，不由暗暗好笑。教授请父亲侧坐在椅子上。春天的阳光暖洋洋的，盖在他黑黝黝的身体上，散发出铜像的光泽。很快父亲平静下来，目光深邃而柔和，脑海里开始有往事一幕幕闪动。

那天，邮递员送来浩明的录取通知书，如同点燃浩大烟花的一株火苗，霎时在全村炸开。录取程浩明的美术学院，就全国来说，也相当不错。在村里人眼中，浩明俨然已经成为或者即将成为声名远播的大画家。

可是，不菲的学费仍然令父亲着慌。踌躇之后，父亲决定，卖掉家中的房屋，举家迁移，浩明上学，他和浩明的母亲则在浩明所在的城市打工。

两个月过去了，浩明没有发现父亲的秘密，父亲不由沾沾自喜。一天，父亲走出教室，走在校园里，正是下课时候，猝不及防，父亲瞅见浩明。浩明正和同学说笑着漫步，浩明发现了父亲，开心地迎上来，正要张嘴叫父亲，父亲却狠狠瞪浩明一眼，飞快转身，旋风般离去。

后来，父亲再次在校园里遇见浩明，浩明若无其事从父亲面前走过，似乎不认识父亲一样。父亲一愣，心里涌出一阵委屈，一阵难过，甚至，父亲想冲过去甩浩明一个大耳刮子。可是父亲狠狠心，若无其事地从浩明面前走过，心里却如针刺一般难受。

浩明偶然回家，并不问父亲去学校干什么。父亲也不提去过学校的事，就好像两个人从来没有在学校里遇见过一样。

又一天，父亲随教授走进画室，愣住了，他看到了浩明，面前支着画架，浩明正坦然地望着他，似乎并不认识他。他很快从浩明身上收回目光，按教授要求，麻利地褪去外衣。教授让他坐下，身体靠在椅背上，那个姿势让他觉得很舒适。课结束了。父亲穿好衣服，看了一眼浩明，浩明正和同学们谈论着彼此画得好坏，表情自然，仍似不认识他一般。

父亲怅然若失地走出画室。走了五六步。他听到画室里传出一个声音说，这就是你爸？又听见浩明的声音说，嗯。小声点，我爸还未走远。别让我爸听见了。一个声音放低了说，你爸的神情真酷。浩明骄傲的声音传出来，那是，我爸为我上学，都和我妈一起搬到这个城市打工，能不酷吗？一个声音说，你爸竟然不想让我们知道他是你爸。你爸真逗。浩明的声音说，别说了，我爸这会儿走得那么慢，别让他听到了。

听到浩明的秘密，父亲释然，儿子什么时候已经长大了呢？

那么,他还有什么放不下的呢?父亲突然转过身,走回教室门口,喊一声,浩明。浩明先是惊愕,继而欣喜地迎上去。

浩明和父亲并肩走在校园里,那一天浩明很自豪,他感觉校园里走着的不仅是父子俩,还是两个越走越强大的男子汉。

初　恋

读高一时,我没有人生目标。时间如同走失的牛羊,在天高云淡的山间随意游逛。凭我的成绩想考上大学?无疑是做梦。我只是按着惯性"做一天和尚撞一天钟"。

不久,我喜欢上一个女孩。在我眼里,她的一切那么美好。我思念她。不见她时,对她充满思念,看见她时,还是对她充满思念。我的思念无处不在,无孔不入。我的好朋友洞穿我的心思,嘲笑我说,女孩喜欢优秀男生。就你?追也白追。我这才想到,女孩的成绩属于全班前三名。

好朋友的话,让我气恼又疼痛,让我除了思念女孩以外,开始思考我要怎样活着,才能得到想要的美好人生。

一个小雨天,女孩举一柄紫罗兰色雨伞,踽踽独行。我急忙追上去。我也擎一柄紫罗兰色雨伞,和女孩并排走在一起。那一刻,我幸福满怀。

我真诚请教说,要想像你一样学习好,我要怎么做才能达到?女孩听后浅浅一笑,我顿觉世界消失,空气芳香无比,只剩下我和女孩。这显然是女孩感兴趣的话题。女孩说,根据你的情况,恐怕要下大功夫,就看你有没有毅力坚持。有,我有,我的毅力台风也刮不走。我迫不及待地对女孩说。

女孩说,首先你要管理好你的时间。我在电视上看到过一位教授的讲座,他说,每个人都是将军,管理自己的一天二十四小时。分分秒秒组成千军万马,你要指挥你的千军万马。何时睡觉、吃饭、听课、看书、背书、做题,千军万马全听你的吩咐。

这样就行了? 我兴奋地问。

这样就行了。女孩蛮有把握地说。紫罗兰色雨伞伞骨的每个圆头都在快速滴水,如同一个弧形的水帘,透过晶莹剔透的水帘望过去,女孩如月的眼睛那样圣洁完美。

我开始按女孩的要求去做,这个过程很艰难,因为我要管得住我的身体,不让我的时间像散沙一样从指缝里溜走。我不能再想请假出去玩就请假出去玩,我不能在上课的时候,想趴桌子上睡觉就趴桌子上睡觉,我不能再呆呆地,什么也不做,只是去思念女孩。我听课、看书、背书、做题。

期中考试过后,我又去找女孩,那是周末的早上,女孩一个人在操场上跑步。我追上去,和女孩一起跑步。

我对女孩说,我这次排名三十四,前进六名。

女孩皱眉说,我就是这样子做的呀。女孩突然两掌相击说,你的问题,可能是不能对学习全身心投入。这么说吧,你有没有喜欢过一个人?

我狐疑地看女孩的脸,女孩一派纯真自然。

女孩接着说,就像小说中或者电视中那样痴情的人吧,想念一个人时就会无时无刻地去想着与这个人有关的事情。你对学习,就要像对你喜欢的人一样,时刻的去想它。比如我,有时,我会发呆,那时我就在思考一道数学题、语文题,或者物理题,有时,一道题,我会想好几个小时,想每一个步骤和细节,想解题不同的方法,想如何才能记得更牢靠,等等。这样的发呆会让我觉得非常愉快。

女孩的话让我脸红。我这些天看似管住了我的时间,可是我还没有完全管住我的思想,女孩这样投入地学习,这才是她优秀的源泉吧。可我,却远没有这么投入,我虽然也在做着学习的事情,可我常常会不由自主地"身在曹营心在汉"。投入,我也要投入,女孩都做得到,我为什么不能?

这个过程不仅艰难,而且痛苦。我除了要管住身体,还要管住思想。我要把注意力全集中到学习中去,脑子里就有两个小人开始打架。有一次,两个小人的战争十分激烈,我一拳砸在墙上,拳头发青,指头根蹭破了皮,鲜血汩汩地向外流。

这是一个漫长的过程,到了高二期中考试的时候,我已经进入前十名。这时,我对自己已非常有把握,我不仅可以管住我的时间,我还可以管住我的思想。并且,我因为投入地学习,使我变得心情平静、美好愉悦。

高考报志愿,我报了女孩报的名牌大学,女孩考上了,我也考上了。大二时,我和女孩在校园里漫步,我说,你能做我的女朋友吗?女孩突然变得羞涩,她只低低地说了一个字,好!

由初恋变成婚姻,女孩最后成为我的爱人。

背 山

门虚掩。他抬手,在门边停下,倾听父亲咀嚼青菜的声音和嗞一小口酒的声音。父亲动动身子,木椅咯吱咯吱响。终于,他推开门。父亲扭头,绽出吃惊的笑,旋风般起立,刮到他面前,伸开手臂拥他的肩,唇,在他额头轻轻一点,扫视他青春的面容,眼睑下的笑纹开心地蹦蹦跳跳。

父亲说,这怎么可能?

父亲和他不相见近一年,他住在离父亲很远的学校。高三了,书摞在课桌上,像山一样高。他在学校餐厅吃土豆丝喝小米粥时,就决定回家。父亲最爱给他做土豆丝熬小米粥,他想父亲了,或者,他想告诉父亲他的决定。那决定在他心头已踟躇很久。

那晚,天上有月亮,月光清冷,一缕缕蓝丝带缠绕月盘。他挺挺腰,对父亲说,我和你一样高了。父亲瞅瞅他头顶,笑。他对父亲说,我的肌肉比你的强壮了。父亲捏捏他胳膊,笑。他说,你不用再做了,我想早点打工赚钱。父亲疑惑地看他,见到坚定的表情,鼓起眼睛瞪他,硬起口气说,你个不争气的东西。

那一夜,他没说动父亲。他心神不宁,侧耳倾听,父亲辗转反侧,很晚,才发出散乱的呼噜声。愧疚冉冉升起,父亲明天仍要上山,他竟惊扰父亲,耽搁父亲恢复体力。

天蒙蒙亮,草丛晨露浓重。山脚下,有巨大的岩石,有清澈的河水,有翅上染一抹紫罗兰色釉光的画眉。一阵野风拂过,温柔卷动前方台阶上一片绿叶。

土黄色竹篓背在父亲背上,比父亲的后背宽阔高大。矿泉水等需运送上山的货物,在竹篓外凸起一座小山。父亲是运货的背夫。他问父亲,很重吧?父亲抬抬眉毛,笑说,六十公斤。他的心里扑通一声巨响,如同砸上一块巨大的山石。他还是第一次见到父亲工作的样子。

刚刚,父亲蹲下,将背带挎上双肩,父亲猫着腰,试图站起,背篓带着父亲左右摇晃。父亲的脚底用力抓牢山地,颤颤巍巍,几乎被压倒。刹那间,眼泪盈满眼眶。他说,爸,我背吧。父亲没言语,身体却一寸一寸地向上长,终于,站直。一旦站直,父亲的脚步开始扎扎实实、稳稳当当。

他问父亲,到山顶有多远?父亲说,三十五里。惊讶就像山洪决堤,汹涌而至。父亲每天都要在这条山路打一个来回,已经奔走六年。原本以为,父亲应是轻松扛起背篓,却不料,这样艰难。这样艰难,使漫漫山路更加陡峭艰险。

刚刚太阳还照在脸上,此刻人已沉入浓雾间。父亲说,这就是山半腰盘旋的云层,再向上走,穿过云层,还是明亮的太阳。父亲露出温暖的笑,手指拽紧坚硬的铁链,腿均匀颤抖,脚艰难抬起。每一级台阶似乎都高大无比,随时可能将父亲绊倒。他说,爸,歇歇吧。父亲说,这时候不能歇,歇了,也许再也上不去了。

他怕父亲突然倒下。父亲却颤抖着,一步一步坚定不移地向上。父亲并不在意,似乎,上山,天生就是这个样子。他开始低头攀登,他脸上落下滚圆的水珠,"啪啪啪"地砸向一级一级升高的台阶。

回到家，他对父亲说，今晚，我要回学校。父亲说，不准备去打工了？他有些羞涩地说，不去了。于是，他听见父亲长长呼出一口气。

他想，做不完的习题算得了什么？将他压得透不过气的成绩算得了什么？激烈的竞争算得了什么？即使失败又算得了什么？他怎么竟愚蠢懦弱到要逃开这一切？

六年前，一场事故，母亲去世，父亲失去半条胳膊。父亲找不到别的工作，开始每天颤抖着将一百二十斤的重物背上直插云霄的山顶，一背就是六年，且，还将义无反顾地背下去。他是父亲的儿子，他一定有如同父亲一样的硬骨。一定有！一定！

他回到学校，坐在课桌前，水笔尖断续地解出一道数学难题。他抬头，窗外榕树上，一只红冠啄木鸟，用尖尖的喙"梆梆梆"地冲击树干，叼出虫。他轻松地笑，低头，开心地思索下一道难题。

登　山

我被父亲硬拉着去登山。这座山与别的山有些不同，一开始便很陡峭，并且一路陡峭下去。我向上观望，漫天洒下白晃晃的太阳光，刺得我心烦意乱。

我不是老师眼中的好学生，家长眼中的好孩子，我胆大泼皮，惹是生非。我顶不在乎胆小同学看我时鄙夷且惊恐的目光。但，有一天，我突然开始安分守己，好好读书。我想，我想要成为班上让人羡慕的人我就能成为。原因就这么简单。

我钻研课本，琢磨老师的思路，一道又一道地做习题。我的分数开始十分、二十分、三十分的增长。可是，有一天，我突然又厌倦了。我对父亲说，我要退学。我说到做到，坚决不去学校。父亲压下眼中的怒火，滔滔不绝地劝说，终至疲惫，看着执拗的我无奈地说，不上就不上，今天我们正好登山，你也去。

上了六十余个台阶后，登上第一处平台。我侧目看，平台角落青地砖上竖起不锈钢牌子，红色手写的字迹：此山高二千三百一十四米，共砌台阶三千七百五十六个。我抬脚，向上走。台阶又陡又直又绵长，我开始微微气喘。

一个女人大喘着粗气，满脸忧愁痛苦，说，我刚才数了一下，到这儿才上一百二十六个台阶，我就累成这样。三千七百五十六个台阶减去一百二十六个，还有三千六百三十个。我们还得走三千多个这么长的台阶，才能走得完。女人被计算出来的数字打败，任人怎么劝说就是停止不前。

我下意识地看看走过的一百二十六个台阶，心里立即充满了畏难情绪。我也不想上了。我说着话，看了一眼走在前面的老爸。老爸说，走吧。我不动，老爸笑，说，我看见上面那个平台有石凳，你就是不上，也找个能坐的地方。

我想，老爸说得有道理。上面，果然有个平台，有个石圆桌，周围是一圈长条石凳。我坐在石凳上，跷起腿，手扳着膝盖，顺着侧面长满树的山坡，向上看看，向下看看。这儿离山顶还远，上山很难，但这儿离山底很近，下山容易得很。

休息一会儿，老爸说，继续上吧。我说，我不想上了。老爸说，再上一小段。我站起来，犹豫着。我也想看山顶的风光，可我担心体力不支,终究是白费力气。爸爸上了三四十个台阶,对着下面的我喊,来吧,前面的山路很平缓,没有那么难上了。

很平缓,没有那么难了,我在心里重复着爸爸的话,蹭蹭蹭地上台阶,一口气又上了六七十个,我又开始气喘,身上发软,腿发颤,心咚咚咚地跳,似乎到了身体的极限。山还很高,而我的体力似乎已经用完。我想起那个女人的话,耗尽体力走过的山路,还得再走几千个,我还有体力走下去吗?我再一次对自己产生怀疑,失去信心。我甚至想,不要因为一次登山,把命也搭在这里。

我说,你们上吧,我不上了。

我说这话时,李伯伯正站在我的身边,他是爸爸的老伙计。我知道他已经接近五十岁,可他和爸爸一样经常登山,在我眼里,他的体质好得很。此时,他站在我的身边,他的呼吸也有些粗重起来。李伯伯对我说,累了,停下,歇歇,再上。

李伯伯歇一会儿,又向上走去。我向山下看看,磨蹭着,我想下山,我不想再上。爸爸在上面喊,小子,来吧,前面有个亭子,可以坐下来休息。

我想着不用走多远,就有亭子,才开始向上走,很快我和李伯伯并排了。李伯伯并不着急,走一会儿,停一下,站着不动,等呼吸平复,继续前行,走一程,又停下,等呼吸再次平复,又继续攀登。

我陪着李伯伯,李伯伯停,我也停,李伯伯走,我也走。李伯伯说,我的腿都软了。再歇一会儿。我停下,惊奇地说,原来你也觉着腿软。李伯伯笑了,说:其实,登山靠的是耐力,爬得急了累了,就歇歇,恢复恢复力气,再登。这样登山,再高的山,也没有登不上去的。

在亭子里，我们一干人，停留的时间稍长一点，我喝了水，还吃了火腿肠、饼干。等再次站起来时，我觉得我的体力似乎完全恢复到了上山前的状态，而现在，我们已经走了三分之一的山路。

这让我陷入沉思。上山，不是要闷着头，一口气爬到山顶，那样谁也不能够，而是应在精神疲惫或者身体疲惫时略做调整与休息，就会获得初始的良好状态。

那天，凭着我对登山的新的理解，终于登上了这座陡峭的我以为难以企及的山顶。

第二天，我回到学校。我想，不是最终不能学好，只是用冲刺的速度奔跑时，没有给自己缓冲的时间。现在，我的精力与体力已经完全恢复。我再次坚信，我要成为班上让人羡慕的人我就能成为。我对我的未来充满信心。

十六岁的糖葫芦

我考上市里最好的高中，爸妈和我从村里来到城市，在学校附近租下两间房。那时候，我十六岁，对爸妈的感情简单又复杂，我既享受他们对我全力以赴的支持与照顾，又对他们隐藏着一些怨恨。

爸妈把家里的农田承包出去以前，从地里刨出花生。花生新鲜且饱满。在新家，妈把花生清洗干净，用盐水浸泡，煮熟。爸做了木屉，铺上新买的塑料布，倒进盐水花生，搬上人力车。爸得意地说:这可能是今年城里的第一份新鲜水煮花生吧？会卖个好价钱。

爸推着人力车走街串巷,拉长字音喊,咸——香——花——生。爸声音高亢,可我却觉得刺耳,如同一枚坚硬无比的钉子,用铁锤锤入耳膜。十六岁的我认为,在社会上生存,应该采用其他方法,赚更多的钱,赚得更体面。我不知道应该采用什么方法,但我认为我爸应该知道,他是成年人,他是男人。我多次对他说,可他从来不想改变。

天渐渐冷了。爸跑去山里买来新鲜红艳的山楂,买来白糖。爸站在炉灶边,木铲在锅里不停搅动,糖水渐渐黏稠,撩起糖水,拉成丝线。好了,一锅上好的糖稀完成。爸总是乐滋滋地说。妈已经把山楂里的籽挖出,切成两半,串上竹签。山楂做成张口的模样,夹上半个核桃仁,或者一个提子……

爸总把第一串糖葫芦拿给我吃。我喜欢吃山楂夹核桃仁的。我边吃边两眼紧盯课本。偶尔抬头,看到爸正望着我,满脸得意。爸爸对生活现状的满意让我厌恶。那时我正嚼着甜甜的核桃仁,我噗地吐出来。爸爸说,磕到牙了?妈妈说,怎么会?我洗得很干净。我鄙夷地看爸一眼。什么都不说。

爸不知道,那天,我的数学没考好,老师狠狠地批评我。我想,是因为我家贫穷老师才会这样对我,那些趾高气扬家境优越的同学比我考得差多了,为什么不批评他们?我的心情糟糕透了。我为什么不能生在那些富有的家庭?不能拥有那样富有的父母?我的父母为什么只会卖咸香花生、时令水果还有糖葫芦?我恨他们。我已非常努力,可我的努力不能改变他们的观念和行为。他们让我鄙视,让我感觉活在我们这样优秀的学校,无比羞耻。

爸爸说，你以为学习好就很了不起？我说，你以为整天就知道卖糖葫芦就很了不起？爸爸"啪"地抽我一耳光。我愣住。我不信一向以我为傲的爸爸会打我，但他却真的打了我。我不敢还手，但我心里的火焰已经熊熊燃烧。我站起来冲向糖葫芦，使尽全力掀翻，糖葫芦从竹签上滑落，蹦蹦跳跳滚落一地。

爸说，学习好了，品质坏了，不如不上学。

我脱口而出，我宁愿不上学，也不想出生在这样的家庭，拥有你们这样的爸妈。

爸的目光忽然黯淡，蹲下，抱头。妈妈叫他也不理。爸抱头蹲了三个小时。我从来没见爸这样过，我很害怕。我在心里说，我不是故意的，可我说的是事实啊，我有什么错？

从那天起，爸变得沉默。爸妈每天做更多的糖葫芦，拉到很多地方去卖，爸总是回来得很晚很晚，走得很早很早。

我上高三那年夏天，下了暴雨。那是晚上八点多，爸爸经过一座小桥时，小桥塌了，爸爸连人带车坠入河里，被河水卷走、吞噬。

人总会成长，观念也会成长。如今，我在北大读大三，我常想起我爸的话，学习好了，品质坏了，不如不上学。我敬佩我爸。我的父母勤劳善良，全力以赴支持我，爱我，当年的我却那样无知和愚蠢。我很庆幸生在这样温暖的家，我为辛勤劳作的爸爸妈妈感到骄傲。

我想念十六岁的糖葫芦，想念我爸，我想向爸说对不起，可惜，爸再也听不到。

他觉得自己是一辆车

异乡。他头戴黄色安全帽,在路侧行走。他已非常疲惫。他想去大路边的小店,吃碗牛肉面。他认为牛肉面能增长力气。他发觉路中心的车辆似乎比平时少,几辆载满乘客的公共汽车和小车在掉头,转向其他路口。他知道,有小道,不通过前方,一样到达远方。

为什么要绕道?前方有什么事情发生?

他继续走。渐渐看到一条粗麻绳,横在路中一米高,在路边两个高大的男人拉着绳子两头。两男人紧盯拦下的车。是辆黑色小轿车,车窗已开,伸出一只手,捏十元钱朝外递。一位中年女人站在车前,头发凌乱,眼神空洞,虚渺。她接过钱,轻声地对车窗里说谢谢,谢谢。她的声音沙哑,口唇干裂。车走了,她看向路边,那里放着一张床板,床板上用一张白布遮着,白布显出一个人形。

忽然,他觉得整个人变虚了,似乎有阵风就能吹跑他。他将手插进裤子口袋,眼神飘向远方渐渐交合的行道树,飘向掉头的若干小车,飘向路边的床板,飘向正停在中年女人面前的一辆车。似乎,他在不停四下看,其实,他什么也没看见,他只是不想让眼睛里突然而至的咸水流出来。

他想起父亲。因琐碎的家事,父亲和母亲还有他吵了嘴。一张嘴吵不过两张,父亲独自骑上破二八自行车,出了门。他并不是要去哪儿,平时,生了气,他也会就这样和他的破二八自行车一起在大路上遛弯。路不宽,没有道路中心线,路边散长着绿草小花。绿草小花灰扑扑的。父亲生着气,想着和家人拌嘴后的不快。这时,一辆汽车迎面驶来,也许父亲意识到了危险,也许根本没有留意,就被一股强大的气流卷进车轮下。

他和母亲得到消息,急忙赶来,父亲已没了呼吸。闯祸的司机,早如惊弓之鸟,把父亲弃在现场,仓皇逃离。

他走到路中,排在一辆车后。是辆黄色卡车,车上装满货物,用帆布包着。车轮很高,车窗也高。卡车司机递出一张五元,有人用顶端分叉竹竿顶起绳子,卡车开过去。

他走到女人身边,停下来。他看到女人眼睛肿胀,面容干巴,嘴巴紧紧抿着。她看起来异常憔悴,可是她的身体里似乎充溢着使不完的力量。他看路边一眼,问,那里躺着的是谁?女人爱怜地朝白布遮着的床板看一眼,告诉他,是她的孩子,十八岁了。

他没有再问,他明白了这是怎么回事。他从口袋掏出一把零钱,攥在手里。他没数,但他知道数目,六十二元,那是他所有的家当。他在工地干活,在工地吃饭。工地起初是平地,现在已有楼架子矗立。他领了工钱就立即寄回家去,他觉得他不需要钱,但他的口袋里还是留下一点。有时候,他会像今天一样走出去,吃碗牛肉面。牛肉面里有几片牛肉,牛肉面的汤水一定是牛肉汤,要不,味道怎会那样鲜美。每次,吃下一碗热辣牛肉面,他总会觉得心口暖烘烘的,浑身生出使不尽的力气。

他站在路中间,不动,中年女人看着他,他有些不好意思。他觉得自己的行为似乎有些可笑。后面的小车朝他按响喇叭。女人看一眼后边的车,朝他挥挥手,那意思很明显,让他靠边走,把后边的车让过来。他把零乱的一把钱搁到女人手里,有一团十元的飘落地上,女人正要捡,他急忙阻拦,抢先弯腰捡起。女人右手托着他的一摞钱,有一元的,五元的,十元的,小心着,以防向下掉。他将捡起的钱伸展,把放女人手里的钱也一张张伸展,摞一起,重新放回女人手里。女人看看他,将钱递向他。女人说,我只收来往车辆的,况且每车只收五元或者十元。他不想说什么,他只是回头看了一眼路边的白布,他将女人的手向女人怀里轻轻推了一下,就向前走去。女人忙对着他的背影说谢谢,谢谢。

这儿也有着和他老家人一样的习惯。家境贫寒的人家,出了车祸,司机逃跑了,没有人给出医药费及丧葬费,全村人都会支持这家人在出车祸的道路上,拦车募捐。

路两边的男人将绳子举到最高,拿竹竿的男人将绳子举到一辆卡车的高度,恭敬地看着他。他从绳子下走过,他觉得自己是一辆车,是辆遵守交通规则的车,即使,出了车祸,也勇于担当,绝不逃逸的车。

妈妈去哪儿了

清冷的楼道,五楼,小洁站在门前等妈妈。妈妈又不在家。小洁是有钥匙的,可是,她想不起钥匙是中午忘在家里了,还是下午下课玩丢沙包时,蹦丢了。她站得腿有些酸了,就在门前坐下来。坐得累了,就靠在灰色的斑驳的防盗门上。久了,瞌睡来了,就向墙角蜷缩,闭上了眼睛。

她并不觉得难过,这几乎是她的生活常态。她只是有些自责。她粗心,总是把钥匙弄丢,妈妈没少批评她。一次,她猜妈妈定是输了钱,心情极差,看她睡在门边,吼起她,进了门,把她放膝盖上,狠狠打她屁股,边打边念叨,死丫头,又睡门外,这不是给我丢人吗? 不打你,你就不长记性。

她暗下决心,一定要记住,看好钥匙。可是,钥匙太淘气了,就像班里最淘气的那个小男孩,总爱闯祸。挂脖子里,会把脖绳弄开,装口袋里,会从口袋里偷跑出去,绑在裤带上,会从挂钥匙的铁圈圈上一圈圈挣脱。她想知道是怎么回事,可是,她才七岁,才上小学一年级,她想破脑壳也想不明白。这破钥匙,怎么就看不住呢?

班里最淘气的小男孩,出现在楼道里,在她家门前找到她。小男孩也七岁,小男孩很喜欢她,常常和她一起玩。小男孩叫她的名字,她不醒。小男孩推着她的肩膀来回晃她,她就睁开了眼。小男孩手里拿着手电筒,在她脸上照,她就小声嚷嚷,太刺眼了,别照我的眼,把我眼都照花了。小男孩就嘿嘿嘿地笑,把手电筒移到她肩膀,照着她的红书包肩带。小洁站起来,正正身上的小书包,问,几点了? 呀,天都黑了,作业忘写了。

小男孩说,你妈是不是又不回来了? 她眨了眨眼睛,想了一会儿,说,我妈妈很快就会回来。小男孩说,谁信! 走,跟我回家。小洁就站起来,跟在小男孩身后。下了一个台阶,小男孩就催她,走我前边呀,我给你照着路。

小男孩的家不远,就在隔壁楼,下了五楼向左绕一圈就到了他家楼道。小洁觉得小男孩家里干净整齐,漂亮极了。她说小男孩的家里有香气儿,可小男孩说没有。为此,他俩吵起来。吵完了,又咯咯咯地笑了。

小洁坐在小男孩的写字桌上写作业,小男孩不写,坐在桌边,净给她捣乱。小洁说,你写你的作业呀。小男孩说,他的作业早写完了。

小男孩的妈妈在厨房里,给小洁做面吃。小男孩的妈妈知道小洁喜欢吃西红柿鸡蛋面,西红柿还要多放点,让汤变成红色的浓汁,小洁最爱吃了。

小男孩的妈妈喊小洁吃面。她蹦跳着就去了。她吃得可快了,小男孩的妈妈就说,慢点吃,小心烫。小男孩的妈妈说,小洁,以后别回家了,天天来我家吧?她说,那我妈要是回去了,就会看不见我呢。小男孩的妈妈说,她总不在家,没人给你做好吃的。我和你妈妈说说,你做我女儿吧?小男孩说,快答应。她停下来,咬着手指头想了好一会儿,她为难地说,阿姨,我还是想当我妈的女儿。

晚上,小女孩像往常回不了家的日子一样,睡在了小男孩的家。黑暗中,独自睡在温暖的有着香气的床上。她想,这如果是她和妈妈的家该有多好。妈妈去哪儿了呢?真想妈妈呀。真想和妈妈睡在一张床上呢。

很快,小洁睡着了,她做了一个梦,梦里,妈妈回来了。妈妈抱抱她,亲亲她,给她做了一碗汤汁浓浓的西红柿鸡蛋面。小洁对妈妈说,真香啊。吃了鸡蛋面,她蜷在妈妈的怀里,对妈妈说,妈妈,我最想做你女儿,不是很想做阿姨的女儿。

曼　丽

尽管母亲将曼丽安置在窗前,把她笼罩在阳光里,她依然神色暗淡。曼丽平躺在床上,侧着脸,像个目光索然的石雕,盯着墙壁,良久。

曼丽两胳膊肘支床上,头和后背艰难离开床单,靠双臂力量拖动身体,使头稍稍靠近墙壁。曼丽把头最大幅度后撤,使出浑身力气猛撞过去。

"砰"的一声巨响,世界荒芜。

可是后来,曼丽苏醒了。母亲坐在床上,她上半身躺在母亲怀里。母亲掩藏着惊慌的眼神说,有妈妈呢,别怕。母亲不停重复着这句话,曼丽的泪就顺眼角流到耳根,顺耳根流到母亲腿上。把母亲的裤子濡湿一大片。

曼丽额头上的疤就是那时留下的。

曼丽出生,母亲难产,生下曼丽不能再育,父亲怪母亲生女孩,离开家。后来,曼丽听说,父亲有了新家,生了男孩。父亲待男孩极好,待她却如同陌路。

母亲脸上总布满笑容。曼丽爱什么,母亲就给什么,比如,她自小爱跳舞,母亲就一直送她去学。尽管母亲每天乐呵呵的,曼丽还是觉得她带给母亲无尽苦难。

现在,曼丽已十六岁,成绩优异,舞又跳得极好。她确信未来能给母亲带来好生活。她常对母亲说，妈，你的好日子就快来了。母亲就用指尖捣着她的鼻子爱怜地说，是啊，我女儿长大了。她就骄傲地开心地笑。

可是，那天下晚自习回家，曼丽边上楼边思考一道没有做出的习题，突然，脚下一滑，忙抓楼梯扶手却没抓牢，身体倾倒，咯噔咯噔滚下楼梯。从医院出来时，曼丽才明白，她的腿治不好了，从此只能坐轮椅。

每天醒来什么都不做。曼丽木然地看阳光从身体左边来，流到身体右边去。阳光都能动，可她不能动。曼丽感觉时间已死掉，未来已死掉，踌躇满志要带给母亲的好日子也已死掉。她的所有美好的设想都随着双腿的残疾离她而去。母亲放下工作照顾她。这让她更加怨恨自己。她不敢想未来，她深感对未来无能为力。

所以，也许只有死去才是唯一出路。可是撞墙后她又苏醒，醒了才发现，母亲对她永不放弃。这让她既安慰又悲伤。

她的电话响，是个陌生男孩的声音。男孩说到她的腿，她的眼泪唰唰唰地向下流。男孩听出她哭了，说，只是腿不能动，你还有手啊，你还有头脑啊。她说，可是，我不能再跳舞了，不能再上学了，不能再带给我妈好日子了。活着，没有什么意思了。男孩说，你真可笑。难道你认为人的一切，只有腿才能带来？男孩子的话让她惊讶不已。

男孩来看她。她才知道，男孩是红十字协会的成员，是从红十字协会知道她的情况和她的电话。她看男孩子的双眼时，只看见眼白。她没想到男孩竟是盲人，没想到男孩还是乐队里的萨克斯手。他太阳光了、声音、气色、神情，不仔细看他的眼睛，你绝不会想到他是盲人。

男孩子说，没有腿一样可以做很多事。

曼丽说，我能在轮椅上跳舞？能在轮椅上唱歌？能在轮椅上迎接人们的同情或者鄙视？没有腿，还怎么见人？

男孩子说，如果你想，你就能，如果你不想，你永远也不能。

男孩子的话让曼丽又一次感到惊讶。

男孩常常给她打电话。曼丽的心境一天天开朗。

曼丽开始克服重重困难继续上学，周末和假期，曼丽穿梭在几个酒吧，试图让酒吧接纳她唱歌。后来，曼丽就成为这座城市小有名气的业余歌手。

再后来，曼丽考上了音乐学院。

曼丽和她的母亲一样，整日乐呵呵的。她觉得，生活让她失去一些东西，也得到一些东西，并且，得到的一点也不比失去的少。所以，她感谢生活，觉得生活厚待了她。

音乐学院毕业了，曼丽成立音乐工作室，她教孩子们学习音乐。曼丽的音乐工作室很火，很多家长都说，让孩子们跟着曼丽，学到的不仅是音乐，还有音乐之外的很多。

一定要找到她

他要找到她，她是他深爱的女友。

找不到她，我也不想活了。他多次忧伤地对好友说。

他隐于小区花园树影间,盯着通向小区各个楼道口必经的甬道。高楼耸立,小车密密匝匝停驻,风吹过,花香袅袅扇过鼻翼,酸了鼻腔。他移动一下身体,才知双腿早已麻木。

好友说,下午三点到现在,等了五个小时。回吧。

他笑,你快回,我一个人等。

好友坐在花坛边沿上,看一眼他,垂下头。

女友身姿苗条,柳眉如黛。他想,原来爱情是不可测的深渊,心底张开洁白的翅膀丝丝享受、坠落。可是,女友却毫无征兆地说分手,然后,失踪不见。

女友绝不会真的离开他,他深信不疑。女友只是喜欢时不时地对他使使小性子。他相信自己了解女友的个性。

他找了女友三个月,亲戚家、朋友家、常去逛的商店、她喜欢的公园,统统不见她。

小区里已亮起灯光,他的影子倒在地上,有一瞬间,他转动着姿势和朝向,试图令倒在地上的影子站起来,却怎么都不行,这让他无比沮丧。可就快见到女友的喜悦很快代替了沮丧。他把目光重新定格到甬道。

他问好友,你确定她现在住这里。

好友点头。

那你知道她进的是哪个楼道? 她住在几楼?

好友说,我不知道。

夜色苍茫,好友的等待变得疲沓,他的等待却在凉风里渐渐由温热变得滚烫。他坚信,时间过去得愈久,她回来的可能就愈大。

好友说,你要等一夜?

等一夜又有什么关系？不过，她不会回来那么晚。他兴奋地说。

好友说，我饿得前胸贴后背了。

他将视线从甬道移到好友脸上，说，你快走，我一个人等。

好友悄声说，快看。是她。

他看见了她，苗条的身影婀娜飘移，她的胳膊挎在一个人的臂弯里，她的脸侧向她挽着的人。一阵风过，把她咯咯咯的笑声带进他耳朵。

他看着他们由远而近，看着他们从面前走过，看着他们通过前面的甬道走向其中一个楼门，才幡然醒悟。

他箭一样冲上去，他叫，娟。

女孩惊愕地回头。他拉住女孩的手，他说，娟，跟我走。被娟挎着的男人使尽全力推开他，他重重趔趄一下，险些跌倒。他的手依旧贴在娟的手上。娟用力拉他一把，免他跌倒。他说，娟，我终于找到你了，你跟我走。娟被她拉着向外跟跄四五步，又被男人拉着向里跟跄四五步。他凑上去在男人脸上猛捶一拳，男人在他胸口猛捶一拳。娟撕心裂肺叫一声，别打了。他们停下。

他问，怎么会这样？娟，你选，你跟谁走。

娟看他的眼睛，看他的嘴唇，看他的鼻子，看他的头发。娟说，不是早就分手了吗？娟重新挎起男人的胳膊，高跟鞋踩着夜色，嗒嗒嗒地走进楼道，隐没不见。

他蹲在地上，说，没有她，我也不想活了。

好友劝他，良久。仍不放心，送他到家门口，看着他把钥匙插进锁孔，才敢离开。

天刚蒙蒙亮，他先是听到脚步声，越走越近。然后辨出母亲的声音。他的母亲捂住嘴,眼瞅墓碑无声而泣。他一手按了土地,急慌慌跳起来。晨露早已打湿他薄薄的短衫长裤,凉冰冰地贴着身体。

他自墓碑后闪出,母亲见他,压抑的哭声骤然放开,母亲甩手一记响亮耳光,伤心过度又一夜未眠的他瞬间头晕眼花。扑腾一声,他跪倒在母亲面前,双手扶了母亲垂于两侧的手臂。他说,妈。

母亲说,你这个没出息的东西。一夜不回家,妈找你一夜,妈以为你寻了短见,你知道不知道。

在父亲墓前,看着哽咽难止的母亲,他忆起父亲离去时的情景。父亲瞅着母亲说,照顾好儿子,然后,父亲瞅着他说,照顾好你妈。他看见父亲微笑着,眼神里满是留恋与歉疚,然后,父亲眼皮垂下。

这时,他看见母亲身后一个渐渐变小的背影,是娟,只有娟了解,难过的时候,他最愿意回到父亲身边。他想冲上去,拉住娟,让她永远不离开。但他没有。

女友的背影越来越小。他闭了闭眼睛,离开母亲的怀抱。他擦去母亲脸颊上的泪,挽着母亲的胳膊,说,妈,我们回家。

汤面条

我找到一包挂面，这让我非常高兴，我想做两碗汤面条，我和爸爸已经饿了一天。我站在灶火边，歪头想，怎么做呢？对了，先得给锅里添上水。水在哪儿呢？我在家里找一遍。没有。

哪里有水呢？我想起来，妈总是到山下的大水池里担水。

我掂起褪色的红塑料水桶，来到大水池，下台阶挨水蹲下，用塑料水瓢舀半桶水。太沉了，我提不上台阶。我舀出一半，双手掂着向上抬，终于上去。

我吭吭哧哧把水弄回家，手背抹一把额头上的汗，手背就湿了。我把水舀进锅里，拨开火，站在灶边。

水热得真慢，我想我妈了。

妈离开家时是春天，妈说，从我们村出发，翻过两座山需要半天，搭上车再需要半天，这样清晨出发，天黑时就能进入县城。妈抱抱我，吸吸鼻子，扭过头擦擦眼睛，背上蓝色大包就走了。妈说出去打工，爸成了瘫子，家里需要钱。

那年爸回来时是冬天，我仰起脸，雪花直接渗入眼珠，我打个冷战。爸不在家时，妈笑着对我说，爸去了很远很远的小煤矿，挣了钱给我买新书、新作业本、新书包，让我七岁就上学。我高兴地钻进妈妈的怀里。

爸回来时，两条腿就不会动了，是在小煤矿里被砸坏了。那天,妈炒了肉,在肉里添了水,擀了面条。我站在锅边,我说,面条熟了没有,我端给爸吃。妈说,水滚起来两次就熟了。妈把面条盛进大碗,又挑了些肉放进碗里,在面上堆起一座小山。我伸出手,妈却没有给我,妈说,烫,我端。我最喜欢吃妈做的肉面条了,馋得我直流口水。妈却很少做。

在家里,大多数时候,爸躺在床上,望着房顶,有时,爸也坐起来,靠着床头望向床尾,一整天一整天都不出一声。

妈出去打工时,又给我们做了肉面条。我捧着碗,一根一根吸进嘴里,滑溜溜,筋道道,妈说,小心烫到舌头。我吃了一小碗还要吃,妈又给我盛了一碗,妈把她碗里的肉全挑出来,共有五片,全放进我的碗里,我吃得肚子鼓起老高老高。

妈走了,奶奶给我们做饭吃。奶奶从来不做肉面条,我很想念妈妈,很想吃妈做的肉面条。妈很久没有回来了,我问爸爸,妈妈什么时候回来?爸说,永远不回来了。妈真的一次也没有回来。爸托村里进城的伯伯们去打听,都说找不见妈妈。奶奶得了病,过了一年,春天,奶奶死了,家里只剩下我和爸。

爸爸还是不能动,可是没有人管我们了,现在,我和爸爸已经饿了一天。我想,我长大了,我已经六岁半。

我听见锅里的水咕嘟咕嘟响,掀开锅盖,热气忽地飞起来,热气真烫手。我把锅盖放到灶台上。拿起挂面,把挂面上的纸揭掉。我看着冒白泡的水,琢磨了一会儿是不是能下面条了。然后,我把挂面扔锅里,滚烫的水花溅到我手上。我使劲想妈下面条时的样子。终于,我想起妈说"滚两滚"就熟了。

我说:妈,什么叫"滚两滚"?没有人回答我。听到我的声音,我伸了伸舌头,向外看了看,爸还在床上躺着呢,爸不会听见吧？爸爸要听见我叫妈，肯定又要生气了。有一次，我叫妈妈，妈妈，妈妈，爸爸朝我直瞪眼，还气哭了呢。

我打开锅盖，伸头到锅上，朝着锅里看，白雾热腾腾的，把我的头包住了。我看不清面条，只见水上冒起白沫，白沫还从锅沿边漫出来。是面条熟了吧？我在面条里撒上盐，塞住火炉。

我先给爸盛了一碗，又给我自己盛了一碗。妈做的面条是一根一根的，我做的面条怎么是一团一团的？我给爸爸端面条时，面条汤流到我手上，快烫死我了。我没敢松手，爸一天都没有吃饭了，我可不能把面条碗掉地上。

我把面条端给爸爸时，爸爸正坐在床上，爸爸手里握一把锃亮的刀子，胳膊肘高高抬起，刀刃挨着脖子。我骄傲地说，爸，吃面条了。我做的面条。我把生面条做熟了。

爸爸放下刀子搁到枕头边，爸伸过手来接面条，我看到爸的手抖啊抖。我不知道爸爸是不是很冷。我说，爸，把热面条吃了，就不冷了。我说，爸，以后，我照顾你。

吃完汤面条，爸让我把刀子放桌上，说，床头放着刀子怪碍事。爸还说，我要多锻炼，我想尽快站起来。

爸抱着我笑着说，好儿子，你做的汤面条真好吃。

一缸清澈的泉水

唐蔓喜欢每天洗澡。大三的一天,唐蔓没洗澡,竟失眠了,身上犹如裹一层微尘织成的蝉翼,梦魇一样让她无法挣脱。

大学毕业,唐蔓报名去偏远山区支教。她想,洗澡是个问题,不过总能克服,大不了,每天烧一锅热水。

下汽车,山路崎岖,坐村里的拖拉机走了一个多小时才到达。村子四面环山,人烟稀少,有的地方土地裂开指头宽的缝隙。顾老师说,这几年大旱,村里所有水井都干涸了。村外有一条小河,村里人这几年靠它过活。

唐蔓让顾老师带她去看小河。小河水很浑浊,闻到一股很刺鼻的怪味。想到从此以后,就要吃它喝它,用它清洗自己,唐蔓激灵灵打个冷战。

傍晚,唐蔓走进教室,只有顾老师坐在讲台前批改作业。黑板上的板书写得整整齐齐,虽然课桌课椅空着,唐蔓还是感受到孩子们童稚的气息扑面而来。

学校只有一位男老师,顾剑辉,五十一岁,在这里教了三十年学,家离学校不足两百米远。顾老师看见唐蔓进来,显得特别开心,语调轻松地说,你休息两天,先熟悉熟悉情况,星期三再正式上课吧。

唐蔓说,我恐怕不能适应这里,我想,我得离开。顾老师合上手里的作业本,站起来,着急地看着唐蔓,说,有什么困难,你提出来,我会想办法解决。

唐蔓说,我每天都要洗澡,没有干净的水,我恐怕我待不下去。不是我不想留在这里,你知道,一个人多年的癖好很难改变。唐蔓很难过,没有干净的水,不能每天都洗澡,让她对生活充满恐惧。

顾老师想了一会儿,说,你留下吧。你看见门口那个水缸了吗?我保证,每天那里面都会有一缸清澈的水。

每天清晨,唐蔓掀开水缸,清澈的水都漫至缸沿。水烧开,喝一口,甘甜爽口。每天,唐蔓都烧开一锅水,关了门,很舒心地洗个热水澡。

转眼之间,三个多月过去了。一天,唐蔓起床,走出来,掀开水缸盖,怎么没有水了?唐蔓突然心很慌,似乎出了什么乱子一样。

上课了,顾老师还没有来,一位学生对唐蔓说,顾老师受伤了。唐蔓看见学生眼里噙着泪水。

唐蔓去看顾老师。顾老师躺着,一团头发被血糊住了,脸上留着一团一团的血渍,很多村民围在顾老师身边。

原来,顾老师每天清晨拉一辆架子车到很远的山顶上去,那里有一汪山泉,接满水,拉回来。山路并不平坦,狭窄陡峭,顾老师一时失脚,摔下山坡。

顾老师说,都怪我不小心,今天水缸里没有泉水了,对不起。唐蔓哭了,说,我以后不洗澡了,没有泉水,我也不走。

唐蔓看见顾老师抱歉的眼神。

顾老师被送进医院,医生说顾老师的腿骨折了,如果长得好,还能走路,只是会瘸。晚上,唐蔓没有洗澡。她呆呆地坐了很久。她想,顾老师这样做,究竟是为什么? 顾老师这样做,究竟值得不值得? 然后,她又哭了。那一夜,她没有合眼。

第二天清晨,唐蔓走到水缸边,她惊奇地发现水缸又是满的了。她跑出校门,只见一位中年村民拉着空桶,他的背影粗犷孤单。

唐蔓追上去,说:谢谢你!

村民一笑,说,你放心吧。我们都商量好了,你门口的水缸,每天都会有一缸清澈的泉水。

唐曼大声说,不用了,她想,很多天不洗澡,也没有什么大不了的。

一条狭窄的通道

踏上从城郊到市区的公交车时,年轻的夫妻并不疲惫。夫妻俩站在过道前后的中间,拉住车顶篷的圆环,安稳地吊在那里。夫看一眼妻,肚皮特别凸,倒显得其他部位全部凹进去。妻有六个月身孕,车上没有可以让座的人。小城的公交车小,偏偏这一趟座位上全坐着老人与抱小孩的人。

过道里人渐渐多了,但人与人之间还可以小心地留出些许空隙。公交车行驶得并不快,妻的一只胳膊高高吊在车内吊环上,身子前后左右摇摆,肚里的宝宝也前后左右摇摆。妻的表情泰然。夫在妻前面,他很平静地望一眼妻,妻穿一件长长的、宽宽大大的手织黑毛衣,毛衣一直盖到腿部。夫望前面的路,不动不说话,离城市大约还有三十分钟的路程。

十分钟后,妻的脸上有了一丝疲惫。车身咣当咣当晃得厉害,妻有些站立不稳,妻将挨近夫的那只胳膊抬起来,折叠,手搭在夫的肩膀上。夫立即站直,肩膀开始用力挺着。这样,妻的身体就有两个支撑,她站得稳多了。

又过去七八分钟,妻的头耷拉下来,碎发在脸上拂动,眼睛无精打采,拉着吊环的手已经酸痛。她干脆撒开紧紧拉住吊环的手,用胳膊拽夫的胳膊,身体朝夫倾斜,臂膀紧紧依在夫的臂膀上。此时,夫的一只胳膊高高吊起,紧紧抓住吊环,双腿站得笔直,他在竭力支撑自己的身体。秋风很凉,他头上却渗出细细的汗水。他极力使公交车里的自己不会晃动,他正努力把自己变成一棵根部深深抓住地底的可以依靠的树。

公交车突然减速,坐着的人都因惯性向前倾斜,人们慌张地去抓前面的栏杆或者座位。站着的夫身体竟然没有前倾,或者只是稍稍地前倾了一点点,和一车猛然前倾的人相比,倒显得纹丝不动一样。妻紧紧地靠着夫的臂膀。眼睛半闭着,似乎睡着了,似乎忘掉了她在公交车上。那十几分钟,她把她的安危还有腹中孩子的安危完全交付给了他。

车还在行驶,离他们下车的地方已经不远了,此时,过道里的人更多了,人与人之间的空隙也更小了。车停下,他们到站了。夫轻声说,让一下。他的前边站着一位男人,男人回头,先是看见他,再是看见依在他身上的妻。男人忙向一边靠了靠,男人对他前面说,让一下。男人的前面站着一个女人,女人回头,先是看见男人,再看见相依偎着的夫妻,女人忙向一边挪了挪,女人对她的前面说,让一下……

在拥挤的公交车上,迅速出现一条狭窄的通道,这条通道歪歪扭扭,却恰好让这对夫妻从容地走下去。通道两边的人尽量让身体躬着,以使妻凸起的肚皮不受任何打扰。

这是一条狭长的通道,夫和妻都有点不好意思,他们同时尝到了被夹道欢送的滋味,这让他们受宠若惊。妻依着夫的胳膊,走过长长的通道,跨下公交车。他们回头,那条通道已经闭合不见了。

车门咣当合上了。妻说,车上的人真好。夫说,嗯,车上的人真好。妻娇嗔地对着肚子里的宝宝说,看到没有,车上人对你多好,你可要记住了。

夫嘿嘿地笑起来,妻已经丢开了夫的胳膊,他们并排走在人行道上。朝阳升起来,眼前的路面犹如流淌着一层熔化的金子。

礼　物

风突然大起来,刮得道牙上的树冠哆哆嗦嗦、嗯嗯啦啦。拇指盖大小的雨点,霹雳啪啦,稀稀疏疏,砸上柏油地面。

体育场,离他停留的街口,并不遥远。他遥望各种各样的风筝,在高空争奇斗艳。风筝突然飘摇,旋转,下荡,消失。天空由七彩回归黑白。他想,放风筝的匆匆忙忙回家了吧?

回家,对他充满诱惑与向往。家是两间租来的房子。他微笑,回忆屋檐下火团一样的温暖。可是现在,他知道,家里木门上了锁,空空荡荡。他和她分别散落在小城的两个小街口。

他们是一对年轻夫妻。每天,在街口,他心情愉快,守护他的三轮车。三轮车靠近车座的两块挡板上担一木匣,里面放白色的柔软的鲜嫩的豆腐,挡板间搁一大盆,盆里盛白生生的绿豆芽。豆腐是他做的,豆芽是他发的。他认为他做的豆腐,豆芽一级棒,这让他骄傲而喜悦。豆腐、豆芽是他在小城愉快生存发展的名片。

现在,他轻松愉快的心情被这突如其来的风和雨打乱了,他焦急起来。他割下一块豆腐上秤称了称,正好两块钱,装好递给买豆腐的女人,接钱,放入口袋。他把三轮车掉个头,坐上车座,两条腿跟着脚蹬一高一低踩起来。

为什么起风?为什么下雨?为什么不早一天或者晚一天呢?他一边蹬着车轮一边怨恨着突如其来的鬼天气。

风起雨至时,她刚刚蹬着三轮车抵达另一街口。下雨了,她不得不支起木柄雨伞,伞布足够大,把她和馒头安全地围护。她一边支伞一边对围上来的顾客微笑着抱歉地说,稍等一会儿,一会儿就好。

支好伞,掀开白棉被,馒头上腾起滚滚的热气。

这里,总有很多人买她蒸的馒头,是手工馒头。手工馒头起层甘甜、个头大、斤两足,所以,她一出现,总是很快被算着时间到来的人围拢,一块钱的馒头,两块钱的馒头,三块钱的馒头……她的手指灵巧翻飞,装袋,绑口,提起,准确递到伸过来的不同的手中。

突然，她听到熟悉的声音，是他蹬三轮车的声音，嘎吱嘎吱，像小城里的一段音乐，柔韧且粗犷。先是心里诧异，继而，还不曾抬头，她已经笑了。

三轮车在她身边停下，他转动车把，旋动车身，使两辆三轮车尽可能挨紧，车尾与车尾间不过半尺距离。她抬起头，瞄一眼车上的豆腐、豆芽，冲他嫣然一笑，低下头，继续忙碌。他微笑，看她细致的眉眼，修长的腰身。她的腰多数时间弯着，三轮车上箱子里，馒头一层层下落，她需弯腰才能让她的动作更娴熟、更迅速。这让他心疼，心疼却又无能为力。

市场便是市场，总有它奇怪的秉性。他停留的街口，买豆腐、豆芽的多，买馒头的少，而她停留的街口，买馒头的多，买豆腐、豆芽的寥寥无几。所以，他们必须选择分守不同的街口。

两辆三轮车，风雨中相依相偎，五分钟，十分钟，二十分钟，三十分钟。他没有卖掉一分钱的豆腐、豆芽。然后，他将三轮车调头，坐上车座，愉快地离去，重新回到他的街口。

这三十分钟，他和她没有说一句话。然而，两人内心充满甜蜜，因为今天是她的生日，没停下生意庆祝，偏又刮起风下起雨，他想，就在风雨袭来时陪她半个小时吧。风雨中陪她半个小时，在这个小城里，是忙碌的他送给她的生日礼物。

依然风大雨疏，他手握轻盈的车把，脚蹬旋转的车轮，心里异样满足。因为，刚才，她抬起头冲他嫣然一笑时，他从她眯起的眼睛里看到，她收到了他的礼物。

背包里的秘密

项柏宁的背上,永远背着黑色的背包,只有洗完脚上床睡觉的时候才摘下,放置床头靠里面挨近墙壁。同舍兄弟都注意过柏宁摘背包的样子,两手捧着弯着腰轻轻放床头,像捧着易碎的瓷器。兄弟们哑然失笑,同时充满好奇。

项柏宁对人冷漠,连同舍的兄弟也不例外。兄弟们想亲近也亲近不得,就像野荆棘上长的刺,把兄弟们递过来的温暖眼神扎出冷汗或血滴。去教室上课,去餐厅吃饭,回宿舍休息,外出购置生活用品,项柏宁独来独往。

包里有什么?一天,一位兄弟凑上来问。

项柏宁歪头白一眼黑色宽背带,白一眼他,沉默不语。

另一位兄弟试图强行打开项柏宁的背包。结果,得到项柏宁一顿胖揍。

藏着一把刀?一把匕首?或者其他凶器?有多事的同学越来越好奇。

项柏宁的爸妈难得来学校看项柏宁。仅仅来过一次,带来四个菜,两个糕点。摆在宿舍鹅黄色桌面上,一字排开。正是炎热季节,太阳毒辣辣照着窗子,爸爸招呼同舍兄弟一起吃。五星饭店的菜。项柏宁父亲说。

同学们吃得热火朝天。项柏宁只象征性哑几口,便坐回床上。妈妈说,怎么?不好吃?项柏宁掏出手机,触摸手机屏幕,不说话。爸爸说，有什么问题？项柏宁说，你们该走了吧？爸爸妈妈尴尬地笑着。妈妈说，背着包不累？说着就要替项柏宁摘下，项柏宁恼怒地躲闪着站起来，看一眼宿舍门，不耐烦地说，走吧。你们不走，我就出去了。

项柏宁对父母的态度，让同舍兄弟惊诧莫名。

项柏宁躺在下铺，望着上铺的床板回想起小时候。他一岁时就被送到外婆家。那时家里日子也过得平常，爸爸妈妈去大城市打工，后来就做起小生意，小生意越做越大。项柏宁却很少见到爸妈。小时候，外婆带他去串门，项柏宁看到别的孩子叫着爸爸妈妈撒娇耍赖，觉得是那样不可思议。他想，原来孩子和爸妈还可以那样亲密？

他用稚嫩的声音给爸和妈打电话，他说你们来看我。爸和妈都说，太忙了，再等等吧。他给爸妈写信，亲爱的爸爸妈妈，我想和你们在一起。然后，他便盼啊盼啊。盼得干树枝长了绿叶开了花；花谢了，树叶落了；空中飘起纷纷扬扬的雪花。可是，歪歪扭扭的字体并没有让爸爸妈妈改变主意，接他回家。后来，习惯了。他就发呆，就想，别人家的孩子和爸妈的亲密是不正常的吧？怎么会那个样子，真是奇怪。

后来，医院里，项柏宁绝望地看着外婆的生命，如同黄昏洒落室内的微弱余晖，一寸一寸离他远去。

不分冬夏，背包都在背上，同学皆视项柏宁为怪人。包里究竟藏着什么不可告人的秘密？好事的同学像福尔摩斯那样明里暗里侦察蛛丝马迹，期望一举破获悬案。他们绞尽脑汁，想尽办法，结果，项柏宁只用一个拒人千里之外的微笑，或者一个凶狠的眼神，或者一个摇动的铁拳，就把他们的好奇打得稀碎。

项柏宁喜欢上一个女生夏璐璐。只有面对璐璐的时候他的脸上才会露出难得的笑。他喜欢走近有璐璐的地方,甚至有一次,在无人时,他凝望着璐璐说,璐璐,你知道吗？你是全校最特别的女生。恰被闯进教室的同学听见了。

很快,要好的姐妹唆使夏璐璐,侦察项柏宁背包里的秘密。夏璐璐说这样不好吧。后来就动摇了。她早就想知道背包里的秘密。再说,她特别想知道,神秘的项柏宁究竟会不会为她敞开这牢不可破的秘密。

那天,夏璐璐和项柏宁走在学校的林荫道上,谈天说地。走到一处花坛边,夏璐璐说,坐下休息一会儿？于是就坐在石凳上。夏璐璐笑说,你像个蜗牛整日背着重重的壳。项柏宁笑笑说,不重。夏璐璐看包一眼吐吐舌头说,里面有什么？

项柏宁脸上的笑消失了,把包从肩上摘下来,搁在腿上,双手抱着,踌躇着,半天不说一句话。

夏璐璐轻轻一笑,再问,能告诉我吗？

项柏宁仍然沉默不语。夏璐璐看着一只蜜蜂飞到花坛中间的玉兰花瓣上,盘旋飞舞,然后飞远了。项柏宁仍然沉默不语。

夏璐璐站起来说,算了,走吧。

项柏宁忽然快速拉开背包拉链,夏璐璐紧张地盯着,只见项柏宁取出一本厚实的书,然后翻动书页,捏出一张塑封的卡片,递到璐璐面前。夏璐璐接到手中,看见卡片上一张苍老的面容,两个圆圆的眼睛凹进浓密的皱纹,目光却温暖慈祥。

项柏宁笑说,我外婆。去世两年多了。说着,背过脸,抹去眼角涌出的一滴热泪。

项柏宁把自己的身世说给夏璐璐听。夏璐璐捏着照片,凝望着外婆眼睛里的温暖慈祥,唏嘘不已。

离家出走的女孩

清晨,项玉静依着靠背瞅车窗外,突然,有只红嘴小鸟蹬开树枝仰直脖颈扑棱棱扎向天空。多让人羡慕的小鸟啊。项玉静向开车师傅喊,停车,下车。

项玉静十四岁,在学校故意激怒老师,拉帮结伙,欺压同学,抽烟喝酒,被学校劝退。爸爸举起笤帚狠狠抽她的脊背,妈妈在一边看着却不阻拦,项玉静恨死了他们。项玉静带上钱,独自离开家。

清新的空气,啁啾的鸟鸣,成片的树木,皑皑的山崖,使项玉静暂时抛却烦恼,一身轻松。沿山脚拐过一个急弯,项玉静看见一个背书包的小女孩,离她有十来米。

她掏出手机看时间,才六点四十五分,小背影行走的样子分外认真,项玉静妒忌,小女孩肯定是个备受老师宠爱的学生。来一阵龙卷风把她卷上高空,龙卷风消失,让她狠狠坠落吧。项玉静在心里冷漠地诅咒。

项玉静赶上去,用邪恶的眼神逼视小女孩,朝小女孩肩膀猛推,小女孩后退两步跌坐地上。看你还神气不?项玉静对地上的小女孩冷笑。

小女孩双手支在背后的地上,眼神惊恐。项玉静才注意到小女孩穿一件盖住屁股的衬衫,一条在小腿上打着补丁的裤子,绿色书包的顶布料因磨损脱线而露出一个手掌形状不规则的大洞。

小女孩的眼睛又圆又大,一时间汪出半眼眶泪水,却面无表情地看她。此时还未立春,小女孩在地上瑟瑟地抖。

项玉静突然歪过头不看小女孩,只看路边的一棵树,摇曳的树枝使她想起那只离开枝头飞向天空的小鸟。小鸟啊小鸟,我们都不如你有福。

项玉静看看四周无人,朝小女孩伸出手,拉她起来。

项玉静问,你上几年级?

小女孩说,二年级。

你憨呀还是你妈憨?这么冷穿这么少去上学。

我妈很好。小女孩不满地说。

很好?很好还给你穿这么薄?想冻死你吧?

我妈死了。小女孩说。

那你爸呢?

爸出去打工了。

那你和谁在一起?

我一个人。爸给我学费。今年还回来看我了。小女孩说。

那你的衣服谁给你洗?谁给你做饭?

我自己做,自己洗。小女孩说。

项玉静拉过小女孩的手一看,粗喇喇的皮肤像做惯农活的成年人。项玉静唉哟一声松开指头,甩动着像要把手上的污浊甩走。

又走十分钟,还没有学校的影子。

项玉静问,你是去上学?

小女孩说,是。

项玉静问,怎么还没到?

小女孩说,还远着呢,这才走了一半的路,要走一个多小时才能到呢。项玉静看到小女孩脸上竟露出一丝微笑,她心里一颤。

项玉静跟着小女孩又走了几分钟,她看到小女孩一路上都在抖,说话时,也冷得牙齿直打架。

项玉静突然摘下松软的绒围巾给小女孩围上,脱下漂亮的棉外套给小女孩穿上,一直把小女孩送到学校门口。她蹲下扶着小女孩的双臂说,你一定要好好学习,等你长大了一定能改变你的生活。

小女孩瞪大眼睛看着她说,好。

没有了漂亮的棉外套,没有了松软的绒围巾,只穿一件贴身羊毛衫,项玉静瑟瑟发抖,可她想,小女孩多少天都是这么过来的,我难道连一天寒冷也受不了吗?我就要受受看。我是这样无敌,我怎么会受不了?

可山里的风实在太冷,项玉静决定回家了,她拦一辆回家的公共汽车,黄昏时候,回到了家。

寻找项玉静一天一夜的妈妈先是抱着她哭一会儿,然后问,你的棉衣呢?项玉静倔强地看着妈妈不说话。爸爸也问,你的围巾呢?项玉静突然恶作剧般地笑,她说,我送给一个山里的小女孩了,她妈死了,她爸出去打工,没人管她,她连咱家的狗都不如。

爸爸看着她摇摇头压制着怒火说,你什么时候能改掉说谎的毛病,做个诚实的孩子,让你爸爸脸上有光。

妈妈上上下下打量着她,又和人打架了?是不是棉衣撕破了你把它扔了?你平安回来就好,妈妈不怪你。

项玉静抱住了头说,滚开。我就是打架了,就是弄破衣服撕成布条扔了。

爸爸摇摇头离开了,妈妈也跟着离开了。项玉静独自静静待着,她想起把棉衣穿到小女孩身上时,小女孩惊讶、幸福、感激的表情。项玉静流下了眼泪。